一個姜糖心理醫生的告白

增訂版

Dr May Miao

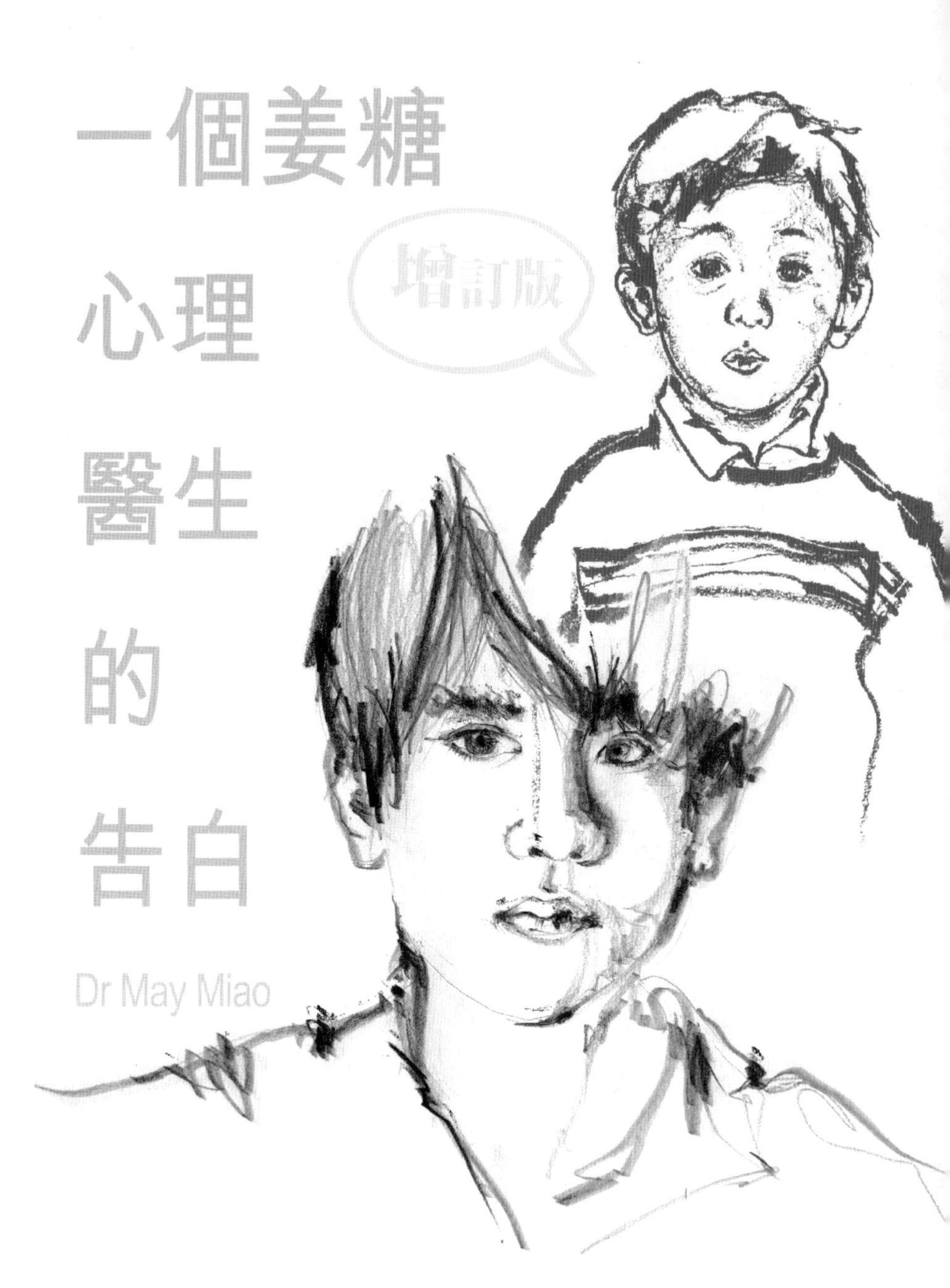

目錄

序　苗醫生是「姜糖」

我是在 2021 年 10 月開始在各種電子媒介接觸姜濤。

我之前一直沒有留意《全民造星》，也沒有留意 Mirror 和 Error 男團。

因為我的嫂嫂是超級「姜糖」，我在好奇心推動下，開始聽姜濤的歌和他的訪問。

我發現姜濤令我產生很多共鳴和靈感，在他身上我看到昔日的自己，也看到我這些年來見過的各式各樣的 clients。

少年時代，我受盡焦慮症的折磨。焦慮症令我僅僅能應付學業，已經沒有餘力去顧及身邊的事。回憶中學生活，是一片模糊，所以我對母校的歸屬感不大。我被人視為書蟲、醜小鴨（因為不修邊幅兼戴著一副一千度的厚眼鏡）。我是運動白痴，羨煞入水能游、出水能跳的風頭躉。到了大學，我更被人視為只懂得唸書的怪茄。「她穿衣服真難看！」一位同學說。我內心孤單，沒有男同學追求（我班有150個人，只有20多個女生）。我只能暗暗單戀別人。在醫學院，我的自我形象很低落。

行醫這些年，我遇到不少在學校內被同學欺凌的青少年。有不少更患上複雜性創傷後壓力後遺症（complex post traumatic stress disorder）。在他們身上，我能理解姜濤的成長傷痕。

姜濤由醜小鴨變成萬人迷，他的追夢、成名，受到萬千寵愛，同時也遭受負面言論的抨擊，一切一切，令他迷惑，迷失。但他沒有選擇濫用藥物酒精縱慾去麻醉自己，他選擇回到自己的起點，找回自己。

這些年，我也一直在找回自己。我是誰？人生意義是什麼？我能夠說我活得真誠真實嗎？因為如此，我覺得姜濤是我的知音，是我的同行者。

很多謝姜濤，他令我有很多啟發和寫作靈感：什麼是成功？運氣重要嗎？什麼是天賦？

我一直很關心香港的教育制度。看到越來越多的學生有情緒病，我不斷反思，我們能如何令今時今日的教育更有適切性，我們的下一代更有抗壓能力。

未來的社會以幾何級數的速度演化，今日的工種二十年後可能消失大部份，大數據人工智能會取代大部份工作。我們活在網絡世界，虛實交錯。究竟我們應該如何裝備下一代的年輕人，令他們在未來的世界找到自己的位置？

寫這本書，就是和姜濤一起找回自己，一起展望將來。

大媽的愛　我和姜濤的邂逅

我在 2021 年11月成為「姜糖」。

很早之前已聽過姜濤的名字，但沒有太留意。我阿嫂是鏡粉，也是「姜糖」，時不是會聽她說：「姜濤好純好孝順！歌唱得好，好有魅力！」我對阿嫂所言嗤之以鼻：「你年過半百，姜濤還是嚫仔，乳臭未乾，是『造出來的星』。我相信有關他可愛、孝順等……都不過是商業的包裝和傳媒的吹捧而已！」

我雖傲慢，不過在好奇心驅使下，在 YouTube 看了陳志雲先生訪問姜濤。我覺得姜濤真是很年輕，個性靦腆，不大懂得招架陳先生的問題（陳先生有些 close end 問題，自問都有機會被逼進死角）。轉捩點在訪問的後半部份，姜濤談到他的歌曲〈孤獨病〉。「我需要要一些獨處時間，到自己平時熟悉的公園打籃球和做運動。這樣做我感到回到本來的自己，人不會那麼容易迷失。」這一番說話，令我對姜濤改觀：他是有自己內心世界的人。

名與利一時間井噴式出現，娛樂圈是聲色犬馬的大染缸，就是年紀比較大的藝人都不容易駕馭，何況年輕入世未深的姜濤？「前輩對我說，做藝人千萬要小心，不要行差踏錯。」這個比我小兒子還年輕的姜濤，說出這麼有深度的話，我對姜濤生起牽掛。

「我現在有追看姜濤之前的全民造星，也聽了他的歌。」我對阿嫂說。

我一直很理智，基本上沒有任何藝人是我的偶像。記得大約十多年前曾經在電台節目作嘉賓主持，訪問過林奕匡、張學友等大牌，但我從不要求跟對方合照。當人家問我有什麼偶像：「若在古代，會是蘇東坡，若是現代，就是朱頌明醫生，我的好友。」

我不是音樂發燒友，喜歡聽林子祥和盧冠廷的歌，但只是因為那些歌曲引起我的內心共鳴而已。盧冠廷那首〈人之初〉，是我做實習醫生時在身心疲累、充滿挫折感時常常用作自我激勵的歌，這有點像姜濤之前每天聽羅志祥的〈力量〉，才有勇氣上學一樣。除此之外，我對歌手一直都是淡淡的。但當我越聽姜濤的歌和看到他真情流露的訪問時，看到他的坦白真摯，我成為了一粒「姜糖」。

「姜濤利是封你要不要？」阿嫂問。

「我不要了！」我回答。

苗醫生這粒姜糖好「另類」。我用了不少精神時間去關注他，這對我來說，是前所未有的。

二〇二一年三月份，姜濤的好朋友中鋒在打籃球時昏迷，送到醫院證實死亡。姜濤一直陪伴著中鋒，目擊他的猝死。之後我留意姜濤有些很 blue 的言論：「I am tired of everything！」

「醫生，姜濤好像很抑鬱！他在網絡上受到很多 haters 攻擊。」我一位年輕朋友對我說。

「可以替我找到他嗎？」我心中急起來。

「我試試！」朋友說。

「花姐好忙，應該無可能找到姜濤。」幾天後收到朋友的回覆。

姜濤令我很擔心，我有衝動見見他。「或許心理輔導可以對他有幫助！」我希望我的專業能幫上忙，正如我經常開解我的兒子和幫助他的同學一樣。

之後我看到鄭裕玲訪問姜濤的片段。「我很感恩……我很幸運，我一路走過來遇上不少貴人……」姜濤說。

說實話，刻意經營敵不過緣份的力量，人都是順著機會找自己的路。

「我不想說要獲得什麼，作為藝人我問自己可以付出什麼！

「我最近有看一些佛學，你現在很受歡迎，下一刻可以逆轉。世事無常，我要學習放下。

「我不知幾時自己會退休，因為人隨時可以死去。」姜濤說。

可能爸爸突然中風入院，好朋友的猝死，令他看到世事的虛幻無常。

Do Do 姐問姜濤有什麼可以跟年青人分享。

「沒有人可以幫到自己，只有自己可以。最重要是問自己想做一個怎樣的人。」姜濤說。

姜濤朋友不多，羅志祥曾經是他唯一的「朋友」，是他理想自我的投射。更多時候，姜濤是自己的朋友。我直覺感到姜濤是內向的人，他對內心世界有求知欲，他是有內省力的年輕人。

《人類大歷史》的作家 Yuvah Harari 說自己每日用兩三個鐘靜心：「覺察自己的思想，你才可以在虛實交錯的世界中發現什麼是真實。

「在未來人工智能的世界，AI 認識你，比你自己認識自己更多。所以我要有 track my own thoughts 的專注和能力。我認為這也是現代人必須時刻儆醒的！」

說到這裡，我放心了。姜濤喜歡獨處，能夠回到自己內心世界。我很同意基本上沒有人可以改變自己，而治療師的角色永遠都只是協進者（facilitator），把當事人成長的障礙挪走，成就更真實豐盛的自己。

因為到了最後，真正改變的鑰匙，永遠在自己手裏。

我想學姜濤一樣去減肥變型仔！

Adrian：「我要減肥，做第二個姜濤！」

「醫生，他在過去的半年，體重由 65kg 減到 42kg ！」媽媽憂心忡忡的說。

「Adrian 只有14歲，是發育時期，這樣下去，後果不堪設想。」媽媽急得哭起來。

我看見 Adrian 蒼白的臉，迷惘的眼神埋藏在一副眼鏡後面。他雙手交抱，身子在椅子上瑟縮。

「最近 Adrian 脾氣很暴躁。每天他只吃一個蘋果當早餐，午餐只肯吃一種特別的餅食——西樵大餅。他說若果吃別種食物，他會感到胃脹和作嘔！」Adrian 的媽媽說。

「Adrian 的學業成績一向都很好。他由 band 2 學校升到 band 1 英中。他的課外活動，就是做體操。最近，他被幾個同學譏笑身形肥胖，弄得 Adrian 很不開心。

他在家中不停摵自己的肚腩，說痛恨自己的身體。

到了晚飯時間，飯桌就成為戰場。媽媽不斷把食物送到 Adrian 的碟子上，Adrian 又不肯吃，大家堅持爭執着、你送我推。

「你不要吃了，就乾脆餓死自己吧！」媽媽賭氣地說。

「你不明白我，我很害怕，我見到肥肉和油膩食物就想吐。我吃了你給我的飯餸後，感到很不舒服。我的大便不通，肚子脹大，手臂大腿粗了，臉孔胖了、肚腩大了，難受極了。我不要胖，我不要身形像水桶一樣！」Adrian 淚流滿面。

「我想跟 Adrain 談談。」我請了媽媽出去診症室外等候。

我看看病歷，Adrian 現在的體重是 42kg ，身高 160cm，他的 BMI （Body Mass Index 身體質量指數）是 16.4，偏瘦。亞洲人 BMI 標準是 18.5 至 22.9。

「Adrain 你是幾時開始減肥的？」

「半年前吧。」Adrian 說。

「什麼原因？」

「朋友笑我肚腩大，不好看。」Adrian 說。

「你怎樣去減？」

「我每天盡量吃少一點。」Adrian 説。

「你可以告訴我，你一天大約吃些什麼？」

「我之前已經告訴了你。」Adrian 顯得不耐煩。

「你現在滿意自己的減肥成果嗎？」

「不滿意。我想學姜濤一樣，身形那樣 fit 。」Adrian 回應。

「你想身體去到幾多公斤才滿意？」

「也許 40kg 吧！到時候我希望我的肚腩更 firm 更好看。」Adrian 説。

「説實話，Adrian 你一點也不胖，事實上你皮黃骨瘦，你再減下去我怕你身體出狀況。」

「若體重回到 45kg，你覺得怎樣？45kg 的話，你的 BMI 就是 17.5，都是偏瘦，但是比較健康。」

「一定不行，我現在已像水桶，45kg 是不可以接受。醫生，你不要強逼我。」Adrian 很堅持的説。

「那麼你最希望自己將來做什麼？你要做姜濤第二嗎？」

「我不知道，我想我做體操時能型些，讀書叻些。那麼別人都會喜歡我、接受我。」Adrian 説。

「你沒有朋友嗎？」

「很少，因為我是插班生，還有，我太肥了，不好看，我時常覺得同學都在笑我。」Adrian 回應。

「你現在在新學校唸書成績好嗎？」我問。

「過去是不錯的，最近退步了。」Adrian 低下頭來。

「因為營養不良會引致認知功能下降。」我説。

「説起來我的集中力真的下降了，上堂不能專心，溫書也很快忘記。」Adrian 幽幽的説。

「Adrian 患上了厭食症，除了BMI低過17.5，體重過輕，還有『覺得自己肥胖，肚腩太大』的病態心理。Adrian 因為營養不良，很容易感到疲倦和讀書不能集中精神。」我跟 Adrian 和他的媽媽解釋。

「醫生，姜濤減肥也沒有事，為什麼我會變成厭食症？」Adrian 很沮喪的說。

「好，我來說說你們兩者的分別。」

厭食症的核心診斷

厭食症的核心診斷是患者的體重下降，數字是一個參考，重要的是患者體重比之前低了 15%，即 Adrian 的體重由 65kg 下降到 48kg，已經符合診斷的條件。此外，厭食者的核心徵狀是 fat phobia，即是對「肥」有恐懼。換言之，你對他說，你若體重上升 1kg 會如何，他們會很不安，心中忐忑，很怕這 1kg 之後會是 2kg、3kg……他們怕失控。

此外還有一個核心的心理精神病徵（psychopathology），就是拼了命去節食。此外患者對身形的感覺和看法很扭曲，例如明明像骷髏骨一樣瘦，仍堅持自己太胖。

厭食症發病高峰期是青少年期，亦有小至8歲的個案，通常不會超過40歲。患者多是女性，是男性患者的9倍。不過越來越多男孩子患上此症。

姜濤減肥和 Adrian 減肥的分別

姜濤減肥的原因，根據他說是綜合各方面的。可能希望單戀的女孩對自己有所青睞，也可能想改變一下自己的人生軌跡：試試作為藝人的可能性。

姜濤並不害怕食物：「所有會肥的食物我都喜歡。」

「其實有時做一個肥仔都幾開心。」姜濤說。

姜濤 keep fit 只是滿足作為偶像藝人的條件，當鬆懈下來的時候，他是食物不離口的。在姜濤身上，完全看不到他有強迫性的減肥，也沒有 fat phobia ，他對身體沒有扭曲的看法。

厭食症的成因

厭食症的正確成因還未徹底了解，應該是身體、心理和環境的綜合。

厭食症有遺傳性，患者的個性比較追求完美、高敏，對事情執著堅持。

至於心理方面，厭食症的患者有強迫性人格障礙的傾向：例如他們對自己要求很高、對別人的 批評很敏感、對事情的細節很執著，缺乏彈性等。

至於環境方面，厭食症跟西方和先進國家時尚纖瘦的文化有關，在少女當中，受到朋輩壓力而減肥，甚至減出病來。

厭食症跟節食很有相關：不少厭食症的患者起初時體形都偏胖。對於處於發育青春期的少男少女，人家隨意一句的説話，都會影響他們的自尊心。

姜濤曾説：「其實一個肥仔被別人譏稱『死肥仔』，是一件很傷害自尊心的事。」

當然，不是每個節食的人都會患上厭食症。不過身體陷於饑荒的人，不少徵狀都跟厭食症相似。當身體陷於饑荒、體重減輕、體脂不夠時，對於相對「脆弱」（vulnerable）的大腦，便可能誘發厭食症，形成越來越僵化、強迫約束性的飲食行為。

「所以 Adrian，姜濤節食減肥沒有演變成厭食症，我相信是因為他和你在遺傳和大腦對饑荒的反應上有差異。」

有部份青少年期厭食症被視為「倒退」行為，他們透過控制進食，作為與家人溝通的方式，甚至操控家人。Adrian 的情況是否如是，我還要進一步了解。

此外，還有一個可能，就是厭食症患者希望藉着嚴格控制進食去制止發育和性成熟，這樣，就不用過渡到成人階段，永遠不用長大。

治療厭食症患者，是其中一項很重要的治療是家庭治療：重新建立家庭各成員之間的關係，家庭成員要學習彼此聆聽溝通，如何表達意見、抒發情緒，這樣患者就不再需要用厭食作為溝通或操控家人的方式。此外，患者也可以在家庭的支援下，討論他們在青少年成長期面對的種種挑戰和困擾。

為人父母對偏胖的青少年要多加留意，不要隨便加以嘲諷。父母要多留意孩子的情緒和飲食習慣，若有厭食的傾向宜及早覺察，讓孩子在沒有被厭食症控制的情況下，自由自主地成長。

想來真替姜濤抹一額汗！他「無師自通」的減肥法沒有出事！

厭食症的診斷

根據《精神疾病診斷與統計手冊》第五版（DSM-5），神經性厭食症診斷標準包括：

- 考慮年齡、性別、生長軌跡、生理健康狀況，攝取的熱量低於需求，導致顯著的體重下降。
- 即使體重過輕，對於體重增加或變胖仍有嚴重的恐懼感。
- 對於體重或體型的感受受到干擾；自我評估嚴重受到體重或體型的影響；拒絕承認體重過低的嚴重性。

即使不符合 DSM-5 的厭食症標準，也可能有飲食障礙問題。非典型的厭食症也包括符合厭食症標準、體重顯著下降但非過輕的人。

BMI 值計算公式： BMI = Weight (kg) / Height $(m)^2$

例如：一個 50 公斤的人，身高是 165 公分，BMI 為：

50 (kg) / 1.65 $(m)^2$ =18.4

體重正常範圍為 BMI=18.5-24

天命之謂性，率性之謂道，修道之謂教

「我不想運動，我既不喜歡也不擅長。我沒有運動天賦！」Amy 對我說。

Amy 整天躺在沙發上掃電話，整天向父母投訴自己精神不足、疲倦乏力。

「就是在疫症下，也可以在家看著 YouTube 做 workout，對你的精神和身體健康，大有裨益。」我對 Amy 說。

「你不是說過要做自己喜歡和擅長的事嗎？」

「可是有些人真的找不到長處！我就是一隻不折不扣的港豬：一無是處。」Amy 懶洋洋的說。

Amy 缺乏的當然不是天賦。Amy 雖然唸書成績不好，但人的能力是「多元」的。Dr Gardner 就說過「多元智能」（multiple intelligences）。

Amy 絕對不可以妄自菲薄。

現代人經常標榜智商（intelligence quotient IQ）。

「我的孩子 IQ 達 130。」父母暗自歡喜的説。

「教養智優的孩子，可是一個大挑戰。」我給他們澆了一盆冷水。

事實上，太多太多例子説明，IQ 並不能預測孩子未來的成就；在這方面，可能 EQ（Emotional Intelligence Quotient）比 IQ 更重要。EQ 是自我情緒控制能力的指數，由美國心理學家彼德·薩洛維於 1991 年提出，屬於發展心理學範疇。情商是認識、了解、控制情緒的能力，但也有人質疑，情商是否是一種智力的擴展表現。

斯坦福棉花糖實驗

史丹福大學的沃爾特博士（Dr. Walter Mischel），在 1966 年至 1970 年進行了一個簡單的實驗，對象是幼稚園的小孩，實驗的目的是研究小孩的「自制能力」。

小孩子面對一份獎勵（可以是棉花糖，也可以是甜餅、糖果等等），若孩子立即吃掉獎勵，就只得這些。若孩子能夠在獨處中等待一段時間（通常是15分鐘），不把獎勵品吃掉，就可以得到雙倍的獎勵。

在後來的追蹤研究，發現那些能為獎勵堅持忍耐更長時間的小孩，通常有更好的表現，如更好的教育成就、工作表現、成就等。

沒有即時吃掉獎勵的小孩，成長後通常都比即時吃掉的成功，因為他們都比較有延宕滿足（delayed gratification）的能力，換言之，他們的自制力較強。

這就是有名的斯坦福棉花糖實驗（Stanford Marshmallow Experiment）。

量化智能與多元智能

測量智能而且加以量化的想法源自於19世紀的英國人高爾頓（Francis Galton），而建立智力測驗原型的是法國人比奈（Binet）。在20世紀初終於建立了史丹福—比奈智力量表（Stanford-Binet Intelligence Scale）。這個量表最初的用途，只是區分正常學童和那些有學障的兒童。

至於多元智能一詞是由美國心理學家Howard Gardner在1983年提出的。Dr Gardner認為智能不應從傳統的共通因素來評估，而應該由多面向來看待。

Dr Gardner研究了不同的對象：普通人、天資優異的、腦部受創、特殊群體，包括奇才、專家、自閉症患者。他綜合了各種心理計量研究結果，不同文化對智能的界定詮釋、進而作出一些基本的判準。這些判準超越了傳統的單一智能觀點，最後提出多元智能。

Dr Gardner 在 1983 年出版的書確認了七種智能類型，分別是音樂智能、肢體－動覺智能、邏輯－數學智能、語言智能、空間智能、人際智能以及內省智能。

到了 1999 年，他再加入第八種智能：自然探索者智能。此外，Dr Gardner 也提出第九種智能，即靈性存在智能。只是後兩種智能形式，尚未能完全通過檢驗的判準。

Dr Gardner 認為，所有的人都擁有這些多元智能，但好像指紋一樣，並沒有任何兩個人擁有完全相同的智能剖面圖（profile）。

例如我很喜歡的盧冠廷，他很有音樂才華，他和太太創作的曲和詞都令我心醉。但盧冠廷有讀寫障礙。

縱然擁有一種優勢智能，並不意味著這個人必然能夠完全發揮運用這智能。重要的是，我們應該要認同不同人的優勢，以及每個人獨特的智能組合，讓他們在社會中找到自己的位置，發展更合宜的角色。

姜濤教室

「Amy，聽聞姜濤中學時唸書成績也不好，還是個肥仔，十分自卑。」我說。

「姜濤一上到舞台，就發光發亮，充滿魅力。」

我舉姜濤這個例子，因為Amy和我一樣，是「姜糖」。

中庸第一句就是：「天命之謂性，率性之謂道，修道之謂教。」

人的自然稟賦就是天命，就是「性」，順著本性行事叫做「道」，按照「道」的原則修養叫做「教」。

中庸一開首，已經闡明教育的意義是什麼——因材施教。

什麼是天命？什麼是天賦？

天才的誕生

在1761年奧大利的宮廷內，一位樂師帶著一個5歲大的男孩要表演六支三重奏。小男孩拿著自己的小提琴要加入表演。

「你不要再胡鬧，你連小提琴都未學過！」父親怒斥。小男孩委屈哭了起來。

「你就讓他在旁邊拉拉吧！」旁邊的人説。

「要是你發出琴聲，我會趕你出去的。」父親警告孩子不要破壞他的表演。男孩輕輕地拉起他的小提琴，完結時，傍邊吹小號的朋友不禁又驚訝又讚嘆的説：「這小孩居然把三重奏完整地拉了一次。」

天才就這樣被發現。

莫扎特4歲學鋼琴，由8歲到27歲，莫扎特過著充滿劫難委屈的一生，音樂才華出眾，卻窮困潦倒，英年早逝。可是他作品數量之多，音樂造藝之高，簡直無人能及。

牙買加「飛人」保特（Usain Bolt）被視為當代最偉大的田徑短跑選手，由2000年至2017年腳傷退役前，他接連破了男子100米和200米的短跑世界紀錄，一共奪8面奧運金牌。

「其實我比他更勤力練習，但就是沒有他跑得快。」他的隊友説。

天才就是天才。

對於天才，我肯定是存在的。因為天才少見，因此我心存敬畏。

天命四元素

2009年。肯・羅賓森（Kin Robinson）及盧・亞若尼卡（Lou Aronica）合著了《讓天賦自由》（The Element）。這裡不是說天才，而是「天賦」、「天命」（The Element）。書中說的「天命」，就是個人的才能、天份，加上個人經驗。

而「天命」有四個順序元素：「我有」、「我愛」、「我要」、「在哪」。

「我有」——個人獨特性的天分

我在醫學院時，有一個同學名叫黃亭亭。印象中，她並不是學霸。

黃亭亭的廚藝很好，我還記得她弄了芒果布甸給我們吃。

有一次，病理學考試，考試形式是給你看不同的身體器官標本。我在一旁發呆，而黃亭亭卻在領導幾個同學，一起學習。

「那條神經線就是由這邊出，通個這塊肌肉骨骼⋯⋯」詳細情形我已經全部交回老師。

我心裏由衷地佩服她：「亭亭的空間智能簡直一流，若果不經她這樣說，我對眼前那塊被防腐劑浸得像腐肉的東西，還是一頭霧水。」

黃亭亭的空間智能、動感智能都是一流的，她現在是出色的外科醫生。

「我愛」——熱情、深層喜樂的來源，和樂意委身的領域

我在醫院一年班時，幾個同學合租一個迷你宿舍。那時有一個同學名叫陳立基，整天拿著一本本厚厚的解剖學書，我記得那本是 Grey's Anatomy。

「你不用唸其他科目嗎？」我問。

「有的，只是我最喜歡解剖學，我差不多用了 90% 時間在這方面。」陳立基答。

陳立基現在是香港大學李嘉誠醫學院醫學及衛生教育研究所及生物醫學學院副教授。

二0一五年，香港大學生物醫學學院解剖學科與醫學倫理及人文學部攜手合作彙編《大體大得——遺體捐贈感思文集》，與公眾分享醫學生對大體老師的感悟反思，並藉此向大體捐贈者及其家屬，致上最真誠的謝意。

陳教授就是身體力行展現對解剖學的愛：始終如一、「至死不渝」。

「我要」——態度，即如何看待自己和環境

這裡，我想介紹一個偉大的教育家 Marva Collins （柯林斯）。Collins 在 1930 年代出生於美國。父親是黑人，母親是印第安人，那時候美國種族歧視非常嚴重。Collins 的父親對女兒有很大期望，認為她一生會有所作為。「妳會成為秘書。」言下之意，因為她的性別、種族等身份背景，父親認為這是 Collins 能獲得的最高成就。

Collins 的教育之道，是用強化優勢、積極鼓勵去建立孩子自信，令他們釋放潛能。在過程中，Collins 展現了無比的愛心、耐心、紀律、高要求、嚴格標準，讓學生變得優秀、卓越。Collins 令學生自愛，也愛上學校和學習。學生愛上閱讀；在課堂上主動提問。Collins 以身作則，讓孩子擁有積極樂觀的生活態度，去努力，去爭取。

Collins 之後擔任秘書工作，但她發現自己對教書有熱情，希望成為教師，於是努力在夜校讀書，取得教師證書。

Collins 在公立學校任教14年，她最初接觸的學生，學習水平很低，還有各方面的問題。「從來沒有失敗的學生，只有失敗的教育。」Collins 深深相信。

因著 Collins 的熱情、信念、堅持和方法，學生出現了「如奇跡般」的轉化，學習的成績不僅超越一般水平，本來連單詞都不會的孩子，竟然能閱讀莎士比亞的作品。

這些「籮底橙」的孩子，對學習發生根本性的轉變，取得意想不到的成功。

Collins 在 1975 年成立了西城預備學校，最初僅有 4 名學生，後來學生逐漸增多，他們多數來自貧困家庭。學校經營得很困難，直至 1979 年電視台在《60 分鐘》時事雜誌介紹到她的故事後，她的事蹟才廣為人知。

雷根和老布殊總統分別在 1981 年與 1989 年，邀請 Collins 擔任教育部長（United States Secretary of Education）。

Collins 說：「爸爸，我真的成為 secretary 了！」

不過最後 Collins 都婉拒了：「我太愛教學了，我屬於教室。」

我問有些校長和老師，他們竟然不知道 Collins 是誰。

「在哪」——機會：能否獲得、創造和把握機會

我相信 Collins 就是一個既有「我要」和「在哪」的好例子。

「你如何知道自己在某些方面有天賦呢？」這個課題，我是參考了馮唐老師的「成事心法」。

第一點，當人人看扁你時，要有千萬人吾往矣的決心。

姜濤就是一個好例子。「我想唱歌表演。」他對父母說。父母起初也不以為然，認為那是崇拜偶像玩票性質的嘗試而已。

性格內向、善感愐腆，減肥後的姜濤在沒有任何靠山和後台下，戰戰兢兢地參加了內地的快樂男聲。「你叫做姜濤，不是僵硬。」主持人說，還捏了一下他還有 baby fat 的臉。

之後姜濤再參加了第一屆的全民造星。

「我希望能克服自己緊張這方面！」姜濤說。

看來對於表演，他是風吹雨打不退讓。

第二點，是你偷偷摸摸堅持做這些事的時候，有快樂和滿足感。

馮唐老師就是一個好例子。他在協和醫學院取得了醫學博士。他沒有當醫生，而是入了麥肯錫（McKinsey），全球首屈一指的管理顧問公司。馮老師一周的工作時間是80小時。他之後在華潤集團、中信集團工作，也是「血戰沙場、逐鹿中原」的工作。

馮老師還寫成了一部一部的暢銷著作。其中的小說《不二》，更為經典，被稱為「奇書」。

我自己也有寫作的堅持。

「醫生，你工作那麼忙，為何你仍有時間不停出書。」有些 clients 問。

我在明報月刊和星島日報教育版寫專欄超過十年，不是為稿費，而是愛寫作。只要沒被編輯炒魷，我還會寫下去。

當然，這只是我的堅持，距離天賦還是很遠。

第三點，是你做出來的東西有沒有自己的風格，有沒有相當的人願意付錢去買。

「我都是試試看這些演繹，觀眾是否喜歡。」姜濤說。

不用我說，姜濤的演出大受歡迎，他演唱的歌曲都有他獨特的風格，累積了很多粉絲，還贏得冠軍，得到一百萬獎金。

這些都肯定了他的價值。姜濤愛表演，倒不是一廂情願的攬鏡自賞，他得到大眾的肯定。

馮唐老師也是紅人，到處都有他的粉絲，索取簽名。他有些著作，還被改編成電視劇集。

「我用文字打敗時間！」馮老師說。

堅、恆兩個字

「你有沒有留意我的 Facebook ？我經常展示各種厲害的動作：拱橋、頭倒立、一字馬等。」我說。

「當然有！醫生你好厲害！」Amy 說。

「我不是厲害，而是堅持！我練習頭倒立超過六年，而人家只需要一、兩年，就能做到。

「對一些必要做的事，要求的不是天賦，而是要堅持，有恆心。我是運動白痴，但運動是生活的必要功課，頭倒立是動作之王，運動對身體和精神健康都有幫助。我現在能做到的式子，靠的都是堅、恆兩個字。」我說。

我相信每個人都有自己的價值，就算沒有令人眼前一亮的「天賦」，並不意味着你不能成功。當你形成一個好的習慣，並且堅持做下去，就會見到成果。

Amy 缺乏的是意志力和毅力，只要能運用一點的創意，肯走出自己的舒適區，Amy 一定能夠找到自己的「天命」。

運氣的重要性——從姜濤說起

記得在全民造星總決賽後，姜濤從周慧敏手上拿過獎牌。「姜濤，你有什麼想對大家說？」主持人問。

「我沒有想過要說些什麼……」姜濤不知所措，坦白的說。

由此，我真心相信姜濤不是一個有太強目的性的人。雖然在賽前他是大熱門，他聚焦的只是投入演出，並沒有想過自己一定拿冠軍。

姜濤沒有太多機心。

比賽後，十強和姜媽媽、花姐和眾導師一起見傳媒。阿 Dee 和 193 是司儀。

「姜濤，你現在想說什麼？」阿 Dee 問。

「我要感謝上天……」姜濤回答。

「你真是奇怪，第一竟然是要多謝個天！」花姐揶揄他。

經過阿 Dee 提醒：「全民造星，我要多謝支持我的觀眾。不喜歡我、支持我的，我也要多謝他們，因為他們激勵我進步。」

姜濤多謝上天和運氣的說法，在之後不同的場合都有提及。

「因為疫情，有了蒙著嘴說愛你那首歌；因為好友中鋒的猝死，有了 Dear My Friend, 那首歌……」姜濤說。

這兩首歌成為叱咤樂壇流行榜 2020 年和 2021 年度最喜愛的歌曲。

一切好像是上天的安排。

運氣來了，擋也擋不住

姜濤在 2020 年成為叱咤樂壇流行榜史上最年輕的「最喜愛男歌手」。他的成功是「人算不如天算」的（我覺得他未必想自己拿這個獎，他感得自己未夠秤）。當林海峰喊出他的名字後，姜濤簡直是嚇呆了，他目瞪口呆，由 Mirror 其他成員簇擁著離開座位，在台上伸伸舌頭、忐忑搔頭……

運氣來了，擋也擋不住！

運氣對成功重要嗎？絕對重要。

我小時候一片懵懂，胡里胡塗入了一間 band 1 中學。班上有一些新移民，非常聰明勤力，其中一個是王晴兒，醫學院畢業後，他現在在美國最頂尖的核子醫學當教授。我記得中三跟他一起坐，他成天笑哈哈，不過不大跟我說話。他自修附加數，拿了A。班上有幾個十分積極上進的同學，他們深深影響我，受到朋輩的影響，我希望好像他們那樣優秀。

若果命運把我送到另一間學校，一定沒有那些同學。我絕對是那種遇強越強的人。

成功是偶然，是天命，「時來天地皆同力，運去英雄不自由」。

有一首勵志歌叫《愛拼才會贏》，「三分天注定，七分靠打拼」，讓你聽得熱血沸騰，覺得人定勝天。

不過清朝名將曾國藩反而說：「事功之成否，人力居其三，天命居其七。」

說到底，有很多事情不是靠自己一廂情願去血戰死拼就能成功。正所謂「一命二運三風水，四積陰德五讀書，六名七相八敬神，九交貴人十養生。」

頭三樣——命、運、風水，好像跟個人能力無太大關係。

命是最重要的。命就你的遺傳基因、出生背景、時代。

姜濤是上海人，皮膚白淨，媽媽年輕時是美人胚子，外省人高個子，這樣的基因也是他的命。

有一次，我對兒子說：「某某又肥又蠢。為什麼她不做些運動？真是懶惰。」過了一會兒，兒子對我說：「我想如果我的父母是她的父母，出生在她這樣的家庭，我也不會好到哪裏。媽媽，你不要這樣批評人。」

我心裏很慚愧，我很多謝兒子的提醒，我要修正自己傲慢的心。

至於運，當然重要。

文藝復興時期的名畫家達芬奇和雕塑家米基朗開羅，成為當時一時無兩的風頭躉。因為那個時代，著重藝術。

換在今天，若果你在藝術方面有很高的造詣，相信並不容易令你成為風頭躉，如李嘉誠先生、Elon Musk 等，成為不少人的偶像。今時今日著重的是賺錢的能力、掌握尖端科技、人工智能和創新營商的能力。

若果在今天，名將白起、吳起，也會英雄無用武之地，可能上上擂台，打打比賽，或者成為屠夫，劏豬殺牛。

運氣絕對重要。

就是姜濤的出現，也是時勢做英雄。因為香港太鬱悶了，經歷了2019社會運動、新冠疫情、經歷了這些年來的樓價高企、買樓無望，大學學位貶值，畢業後的薪金倒退到20年前……我們的年輕人好像沒有什麼出路。

也許我們看厭了惺惺作態、虛偽無能、權力傲慢，姜濤的純真、真誠，無機心，成為一道久違的清泉。

地利當然重要，倘若村上春樹生長在熱帶國家，一定寫不到他那樣淡然而充滿存在焦慮、人生哲理的文字。

村上春樹這個人，常常從他的文字中感受到他坦然面對存在焦慮、孤獨與無常的勇氣。他的文字沒有日本戰後的沉重，他會讓你感到輕省：其實你有選擇，可以按照自己喜歡的方式過日子，平常心地活在當下。

所以成功絕對是由天時、地利、人和、等各種複雜因素構成。

正因如此，成功並不能夠「複製」，正如火火導師説：不會有第二個姜濤。

同樣地，也不會有第二個張國榮，第二個梅艷芳。

「成功」不等於能夠「成事」

很多公開考試的狀元、學霸，他們在公開考試很成功，但並不代表他們將來一定能成事。事實上，在現在社會，越來越多人是「高分低能」。

歷史上，有不少「不能成事」的人，卻是「成功」的人。

孔子自幼已非常聰明好學，自20歲起，就想進入仕途，實踐他心目中的政治理念。孔子在各國間兜兜轉傳，心中的施政理念一直無用武之地。到了68歲，孔子知道他的政治理念恐怕沒有機會實行了。

孔子偉大之處，正正在於「知其不可為而為之」。孔子燃亮後世的，就是樹立了這種不朽精神。

另外一個例子，就是我的偶像蘇東坡。他一生很傳奇，因為一個誤會，由狀元跌落為榜眼。之後蘇東坡「不識時務」，令他差點兒被朝廷判死。在仕途上，他接連被貶官，一直貶到海南島去，那時的海南島是蠻荒之地、充滿瘴氣。

蘇東坡的不朽，不止在他的文學成就、他修的「蘇堤」和他的「東坡肉」，還有他瀟灑、放下、坦蕩的精神。林語堂曾經這樣形容他：

「蘇東坡是個秉性難改的樂天派，是悲天憫人的道德家，是黎民百姓的好朋友，是散文作家，是新派的畫家，是偉大的書法家，是釀酒的實驗者，是工程師，是假道學的反對派，是瑜伽術的修煉者，是佛教徒，是士大夫，是皇帝的秘書，是飲酒成癖者，是心腸慈悲的法官，是政治上的堅持己見者，是月下的散步者，是詩人，是生性詼諧愛開玩笑的人。」

林語堂的幽默，也可能是蘇東坡的「靈魂轉世」。

這些人在當時不成氣候，成不了事。但他們卻「成功」了：立言、立德、立行。

「成事」不等如「成功」

最近看冬奧溜冰比賽，最受矚目的日本「花滑王子」羽生結弦，他在之前連續兩屆的冬奧都獲得金牌。今次他挑戰超難度動作4A（空中旋轉四周半），落地時跌倒，最終獎牌不保。

不過羽生卻寫下人類花式滑冰史上新篇章。

我相信羽生結弦是要完成自己的心願。從整體來看，他「成事」了，但不「成功」，始終奧運是不容有失誤的。

成事無分大小，正如人格從來都不能從社會地位界定。成事只分善惡。

我記得在離開醫管局的前夕，在離愁別緒中，我感到部門同事的人情冷暖。大部分同事都做錦上添花的事，那些能雪中送炭的人，他們才是我一生的朋友。

最記得其中一位，是門診部的健康助理，叫敏叔。

「苗醫生，很不容易啊，你一下子要適應那麼多事情！

「你房間的東西我會幫你收拾好，包好箱。」敏叔說。

「敏叔，你看，我在這部門越做越往下走，最後要走出門口。」我自嘲的說。

敏叔在我離開部門前已經退休，返澳洲和兒子一家人團聚。

「苗醫生你為人直率有義氣，你上司不喜歡你，但我們當中有些同事，其實心裏很敬重你。」敏叔安慰我，令我涔然淚下。

在沒有新冠肺炎之前，每年敏叔返香港，一定會找我。

敏叔在每件事上都盡心盡力，他不是成就大事，他只是在日常生活點滴小事中，做到盡善盡美。

已經三年沒有見過敏叔，想起他，忽然覺得他的身影在我的心中，大得如巨人一樣。

追求成功，還是成事？

以我認為，我會追求成事，正如馮唐老師説：「管理是每天的日常，成事是一生的修行。」

我們未必能夠「成功」，但我們總能夠「成事」，儘管我們成的事，是這樣的微不足道。

成功有七分靠運氣，是老天爺的事，然而成事卻是自己的份內事。

「一命二運三風水、四積陰德五讀書、六名七相八敬神、九交貴人十養生。」頭三名是老天爺管的，自四積陰德開始，就是自己能力範圍可以努力的。

知道每個人成功的背後，有太多上天的眷顧。人就自然會心存敬畏、謙卑、感恩之心。

「醫生，多謝你醫好我！」病人對我說。

「應該我向你說聲謝謝才對，多謝你一直以來的信任和包容，讓我對你掌握到關鍵的資料，並容許我有充分的時間去思考、分析和治療。」

做了精神科這些年，醫好的病人，我心存感恩；那些我未能處理得好的病人，他們令我學曉謙卑。

還是要成事

我很欣賞姜濤，他曾經說：「你現在很受歡迎，不代表你下一刻很受歡迎。」姜媽媽也經常對他說：「我實在不覺得你靚仔，你有的只是運氣。你不要忘記自己原本是什麼人。」

所以姜濤很謙遜、有初心。「我自知能力不足，我會好好努力的。」

當人趾高氣揚、忘記運氣的加持，其實是最危險的時候，因為往往在你意想不到的時候，厄運就等著你。

最近，有一個 client 跟我說：「醫生，我之前很喜歡一個高官，她出生草根階層。有一段時間，我在她的辦公室工作，看見她對低級的員工，態度簡直是目中無人。

「我覺得她忘記了自己是來自草根，她一早把我們平民百姓忘掉了。」

「不用憤怒，其實她敗象已露。」我說。

著眼在成事，努力追求成事，我相信老天爺是有眼的。在不斷成事的過程中，說不定有一天你能夠成功。

心想事成的秘密

在我超過30年的精神科生涯中，受到最大啟發的是德國精神科醫生Viktor Frankl。Dr Fankl是猶太人，二戰時被納粹關進澳地利的集中營，在這段時間，他不停思考人類生存的意志。Dr Frankl 發現，別人可以拿走你的所有財物，可是他們拿不走你的尊嚴。重要的是你選擇用什麼態度去面對環境的挑戰。苦難是人生不可或缺，關鍵是我們用什麼心態去面對，這反映了我們最真實的品格。Dr Frankl 對苦難賦予積極的詮釋：正如尼采説：「人只要知道為什麼受苦，他就能差不多可以承受任何的苦。」

"He who has a why to live for can bear almost any how." —— Friedrich Nietzsche

Dr Fankl 不知自己是否能夠存活到離開集中營的一天。在看不到曙光的日子，Dr Frankl 不停在觀察、研究人在荒謬苦難中的心理狀態和行為。

「我發現那些最快死去的，往往不是病得嚴重的人，而是那些意志消沉，失去生存目標渴望的人。

「集中營中，每個人都生活在極度匱乏的環境下，長期飢餓，睡眠不足。不過有些人竟然可以把自己僅有的麵包，分給更有需要的人。那是一種在越黑暗中越閃亮的人性光輝。在不可能的情況下，你竟看到良善。

「我也發現有些人在苦難中，藉着集中營的遭遇來反省自己過去，承認自己一直太安逸、著重物慾和自我中心，而往往苦難的經歷，反成為是一種靈魂的洗煉和救贖！」Dr Frankl 說。

在集中營中，Dr Frankl 開始構思著「意義治療法」（Logo Therapy）。他四十歲時，在出了集中營後，用了短短的9天的時間，寫下了人類精神的瑰寶：《活出意義》（Men Search for Meaning ）。Dr Frankl 發現人是會追求意義的，這一點使人成為萬物之靈。他還發明了用「意義治療法」去幫助病人——讓病人在人生的困境中找出意義，超越自己。

Dr Frankl 說到有一個男士，他心愛的太太死了；一直以來，夫婦倆的關係很好，如影隨形。太太的離世，令這位男士不想活下去。

「我太太死了，活下去我看不到有任何意義。」男士說。

「假若逝去的是你，不是太太，你會想像到太太怎麼辦？」Dr Frankl 問。

「她一定會痛不欲生！她最依賴我的。」男士答。

「現在她去了，你就是代她受了那個錐心之痛。太太也不用孤零零一個人。」Dr Frankl 說。

結果那男士得到啟發，心結也解開了。

在集中營中，Dr Frankl 經常想像自己站在講台上，對大家分享苦難帶來的意義：苦難是人生送給你的一件禮物，促使你的精神、心靈、生命力越來越強韌。你要做的，就是要「配得起」這個苦難。

Dr Frankle 那本《意義的追尋》在全球銷售了過千萬冊，翻譯成24種語言。這本書一直陪伴我成長。

我身為「姜糖」，當然會留意姜濤的事情：他不擅長讀書，中三甚至留級。他行為反叛，經常打架——因為媽媽告訴他既然有碩大的身形，還怕什麼？根本大有條件以牙還牙，對付欺凌他的同學。

功課差加上打架行為，到了最後，沒有學校肯接收他。

「我還記得中三那個暑假，媽媽和我在大熱天時，一間間學校去叩門。」姜濤説。

可以想像姜濤那時候，是多麼的自卑、失落、迷惘。

「不明白媽媽為什麼在學業上不主動幫助我？或者她認定我不是讀書材料。」姜濤説。

中學時代因為讀書差、加上太肥，姜濤飽受同學嘲笑欺凌。在這段「黑暗的日子」，姜濤情緒很低落，但他很不忿。

「如果你對人生感到茫然，如果你在懷疑自己，內心總是不安，迷失了人生方向。那就試著想像自己最崇敬的人吧！想像他的模樣。因為他是你心中的一個目標，也是你該向前進的人生方向。」尼采。

幸好姜濤找到了他的知己和偶像——「小豬」羅志祥。羅志祥是知名藝人，而他小時候也很肥胖。在「小豬」身上，姜濤看見了希望，他以羅志祥為榜樣。

姜濤對「小豬」的表演，投入了極大的熱情和專注：「『小豬』一個小片段，我可以重重複複的看上一年。我還會私底下模仿他。

「總之我一有空就會試唱試跳。

「在最孤單落寞的時候：我每天都聽着唱着羅志祥的〈力量〉，才有勇氣上學。」姜濤説。

在滿身脂肪贅肉的外表下，在受盡羞辱欺凌的內心中，姜濤仍然有一顆渴望表演的心燃燒着：「當我看到別人在台上表演，我會想：我也可以做到，甚至自己會比他們做得更好。」

「你想做歌手首先要減肥！你實在太肥了。」姜媽媽説。

有一天，姜濤決心減肥，並且坐言起行。

「由 200 磅肥仔減到 140 磅，沒有那份堅持，真的做不到。」姜媽媽説。

「我的夢想是有一天，成為亞洲的 superstar！」姜濤在 2017 年的快樂男聲的比賽中説。他最後入到 30 強。

「我好想試試在台上演出，受到萬眾矚目的感覺。原來是真正實現到的！」姜濤在全民造星比賽得到冠軍後説。

專注加渴望

苗醫生，你究竟想說什麼？Dr Frankl 和姜濤有什麼關係？

其實我想說，心想事成的先設條件是什麼。

不管是 Dr Frankl，或者是姜濤，他們共同點是心中渴望某件事，而投入了大量的熱情，那種渴望熱情，令他們對所追求的事情朝思暮想，令到他們可以超越處身的困局，渴望和熱愛都流入了他們的血肉和靈魂。

Dr Frankl 對人性充滿好奇熱愛，姜濤對演藝充滿憧憬熱愛。

《萬能金鑰》這本經典暢銷書上說：「開啟自然界奧秘的金鑰匙，就是專注加上渴望。」

不過，許多人對專注有所誤解，認為先要有一個努力的目標，才能專心。但點石成金的專注，是全然沉浸在所做的事上，正如所有傑出的演員能夠有神乎其技的演出，關鍵在於能夠混然忘我投入角色。

看看 Dr Frankl，看看姜濤，我們不難發現專注的力量：Dr Frankl 在集中營中對人持續細緻觀察，訓練他的覺察力和洞察力，看到了苦難背後的真諦。姜濤重複觀摩羅志祥表演的細節，令他好像與「小豬」合為一體，領悟到表演的神髓。

在 2017 年的快樂男聲比賽中，當姜濤遇見羅志祥，他兩眼直直發光、喜出望外，一直目不轉睛地看著「小豬」。一向內向靦覥的姜濤，竟要求羅志祥跟他來一個抱抱。

「真難得可以這樣子碰到你。」姜濤説。

想像的力量

最後，我還看到想像的力量。Dr Frankl 在集中營內想像自己有一天在台上向羣眾演説苦難的意義；姜濤想像着自己在在台上表演，成為亞洲巨星。

研究指出，內心演練（mentally rehearsing）某項活動，會促使運動皮質發生變化，和實際進行那項活動所引發的變化一樣大。

當你心裏對某件事有著強烈渴望，充滿熱情，並投持續的專注和努力，我相信這是就是促進心想事成的前設。

當然，一切還要天時、地利和人和的配合。

謹祝大家心想事成，願望成真。

孤獨是病嗎？

誰人不怕孤單寂寞？尤其當別人都是一羣羣、一雙一對的時候。孤獨好嗎？孤獨一定難受嗎？

人人都曾經經歷過孤獨，那不是由外在的狀態去決定。不在於你身邊有多少人，而是自己內在的感受。人可以在越是熱鬧的地方，越感到難奈的孤獨感。

「我習慣了自己一個人，由小到大都沒有很多朋友。就是有 Mirror 男團，都（只）是我的工作伙伴。我傾向自己解決問題。」人氣王姜濤說。

人人都是孤兒

哲學家、散文家周國平那篇〈人人都是孤兒〉，就談到人是「被拋擲」到這個世界。人像孤兒一樣在宇宙中，想尋找自己的來源和歸屬，卻發現原來自己是茫茫宇宙中的一粒塵埃。

在姜濤成長的過程，一定有嘗試找一個相知，甚至相愛的人。

「我喜歡你！」姜濤曾對暗戀對象表白。

「對不起，我是外貌協會的。」對方說，一句把姜濤拒於門外。

「姜濤參加全民造星，其實是希望找到志同道合的朋友。」花姐說。

姜濤，知己難求，尤其是懂得你的，沒機心的。

歷史上並不缺少這種高貴的靈魂：梵高、莫札特、尼采、叔本華……

根據周國平的分類，人存在著三個狀態：無聊、寂寞和孤獨。

「無聊是一顆空虛的心靈尋求消遣而不可得，是喜劇性的；

無聊是把自我消散於他人之中的慾望，它尋求的是消遣。」

「寂寞是尋求普通的人間溫暖不可得，是中性的。

寂寞是自我與他人共在的慾望，它尋求的是普通的人間溫暖。」

「孤獨是一顆值得理解的心靈尋求理解而不可得，是悲劇性的。」周國平說。

周國平這樣把孤獨從寂寞和無奈中分開出來：

「一顆平庸的靈魂，並沒有值得別人理解的內涵，因此也不會感受到真正的孤獨，無聊不可冒充孤獨。

「寂寞、無聊和孤獨是三種不同的心境，孤獨是把他人接納到自我中的慾望，他尋求的是理解。」

姜濤，你的「孤獨」還有這個原因：你積累了很多「創作表演能量」，但一直不被認同，在求學期間，找不到釋放的渠道和對象。

好一句「誰能明白」你？

孤獨也是一種愛

「凡是人群聚集之處，一定有孤獨，我懷著我的孤獨離開人群來到郊外，我的孤獨帶著如此濃烈的愛意，愛這田野裡的花、小草樹木和河流。原來孤獨也是一種愛，由於懷著愛的希望，孤獨才是可以忍受的，甚至是甜蜜的，當我在田野裡徘徊的時候，那些小草樹木花朵之所以能給我安慰，正是因為我隱約預感到，我可能會和另一顆同樣愛他們的靈魂相遇。

「愛：對另一人的孤獨的發現和安慰，一個人內心沒有愛，是不會體會孤獨的；同樣，沒有體會孤獨的人是不懂愛的。」周國平說。

「姜濤份人好悶，沒有什麼話題，況且現在他那麼忙，如何抽時間去拍拖？」花姐說。

「給我暖風機，我暫時不需要女朋友！」姜濤說。

孤獨和愛是相生相依的，互為根源。

「孤獨無非是愛尋求接受而不可得，而愛也無非是對他人孤獨的發現和撫慰。」周國平說。

姜濤，越是能孤獨的人，越是懂得愛！我相信你終有一天找到真愛。

孤獨的力量

姜濤說：「〈孤獨病〉這首歌好像是我的自述，可能我習慣了「孤獨」這個舒適圈，很難向別人打開自己心扉。」

姜濤，人確實需要獨處，能跟自己相處是一種能力，尤其現代人都是傾向「往外撲」的生活。根據蘇珊．坎恩（Susan Cain）那本《安靜，就是力量》（Power of the Introverts），世上有 1/3 人是內向的。內向不等於你不能承受社會眼光；只是因為你對自身感受敏銳，所以在不被注目時反而最能發揮你的才能。

2020 年 12 月，加拿大麥基爾大學（McGill University）研究團隊分析 4 萬名受試者，發現感到孤獨寂寞的人大腦預設模式網路（default network）灰質細胞較多、細胞連結較深。而這也是大腦掌管回憶、策劃未來、爆發創意的大腦區域。換言之，獨處令大腦裡的預設模式網路活化，讓你既能保持自己，又能夠天馬行空，發揮更多想像力。

我認為姜濤並不需要迎合藝人是「活潑外向」的刻板印象。當然，工作時，他要符合劇情，要角式扮演，有藝人需要的社交互動

其實，很多有改革力的偉大領袖都是內向的人，如羅斯福、甘地，他們成為萬眾矚目的領袖，只是責任感驅使他們做認為對的事情。

此外，內向者比外向者，更加具備以下的優點：

1. 內向者一般都有更深度的思考，比較能保存自己的想法，不會流於符合大眾的認同。

2.內向者可能是更好的溝通者。我常常問別人，溝通最重要的條件是什麼？很多人會說：「表達的能力！」不過以我的觀察，是傾聽的能力，能好好聆聽，易地而處，是有效溝通的基礎。

3.內向者更能集中精神，專注在他認為重要的事情上。不會把精力耗費在與工作無關的社交上。

4.內向者較能針對目標，持之以恆。心理學家安琪拉·達克沃斯（Angela Duckworth）稱這種特質為「恆毅力」。她認為這特質比智商IQ更為重要，更能預測未來成功的指標。

5.內向者更有想像力和創造力。當人遠離喧嘩的羣眾，那個空間就是想像和創意的土壤。

在此，期望姜濤第十胎、第十一胎、N胎陸續出場，展現你的創作才華和努力。

姜濤說：「我學會跟自己做朋友。」

其實，這是一種能力；不能忍受孤獨，是靈魂的匱乏和缺陷。

「唯有在孤獨中，我們才能深入內在的心靈花園，體驗到那種忘形的一體感。」精神病學家安東尼．斯托爾這樣認為。

斯托爾醫生説，當人在獨處中，能進行內在的整合，把身邊的新觀察感受，整理成獨立又生長著的系統。換言之，獨處是靈魂生長的空間。

有了這個系統，我們跟外在世界可建立更有意義的關係。高質素的獨處，可以消化、沉澱和整合發生在身邊的種種經歷。

所以，姜糖愛姜濤，請也尊重他的獨處。

宗教的感悟

據聞姜濤有接觸佛教。

人與人之間的交往，是宇宙的一部分，在獨處中，我們面對的，是宇宙的整體。

獨處的時候，我們往往會培養宗教的感悟。

耶穌基督在曠野的40天，經歷了獨處和試探，才開始傳揚福音。

釋迦牟尼也是在菩提樹下，獨處、冥想、開悟。

很多經典的作品，都是在獨處中產生的。如 Steven Covey 那本《與成功有約》（The 7 Habits of Highly Effective People），也是在他的安息年（sabbatical year）寫出來的。這本書，經年累月躋身在暢銷書之列。

始終，每個人若能夠活得平衡中庸，才是王道。過份的孤獨容易令人孤芳自賞，容易變得偏激、沮喪絕望，以致損害健康。《寂寞的誕生》一書提及：「過度的獨處則令人遲滯，容易產生抑鬱症。」跟人相處當中，別人也是一面鏡，令你更了解自己。

人在獨處中認識自己，知道自己的需要和長處，就更能跟別人進行有意義的連結。

心理學家榮格（Carl Jung）說，中年危機的原因，就是人沒有處獨的時間。

神學家潘霍華在他的《團契生活》中寫道：「一個不能獨處的人要提防團體；一個沒有團體的人，要提防獨處。兩者本身都有陷阱。一個只有團體的人，會陷入言辭和感覺的空泛中；一個只有獨處的人，會在自戀和失望的深淵中滅亡。」

換言之，做一個內中有外、外中有內的人：在獨處時重拾自己，安靜思考，但當團體合作時，也能恰如其分作出貢獻。

不論是姜濤、姜糖和非姜糖，我們都需要獨處和團體。我身為姜糖，情願姜濤不要能言善辯，而是以「作品說話」。

成名要趁早？

二〇二〇年，姜濤成為有史以來最年輕的叱咤樂壇最受歡迎男歌手。姜濤可以說是成名得很早。

張愛玲：成名要早

張愛玲曾經說：「出名要趁早」，因為若是來得太晚，就不能獲得那樣淋漓盡致的快樂！

我們不可以說：「張愛玲，你太張狂了！」。讓我們先了解一下張愛玲的背景。

張愛玲出生在 1920 年，距離姜濤出世足足有79年，巧合的是，他們都是上海人。張愛玲在上海出生成長。她出身貴族，祖父與外曾祖父分別為張佩綸與李鴻章，都是清朝的高官要員。張愛玲在 1943 年至 1945 年間，她在日本管轄下的上海，寫出了很多膾炙人口的文學作品：第一爐香、金鎖、半生緣等。

「成名要趁早」，可能因為張愛玲經歷過家道中落，自小嬌生慣養，對此當然感到不是味兒，自然渴望以出名來作為補償。

姜濤出生普通家庭，對此他應該沒有什麼「成名要趁早」的渴望。

由1932年到1942年，張愛玲曾在香港大學讀書。五十年代，張愛玲離開上海，定居香港；1955年，張離港赴美，之後一直在美國居住。據聞張在美國生活得並不如意，過得拮据艱辛，直到1995年，張愛玲一個人孤獨地在美國的公寓逝世。

張愛玲在死前的幾十年，鮮有好的作品問世。

張愛玲的才華，如流星雨一樣，燦爛但短暫，帶著遺憾、悽美。

我想，謙遜內斂、熱愛表演的姜濤和他的團隊，一定會是樂壇的長青樹，大有可能成為「亞洲第一」。

成名要趁早的年代

成名要趁早，也是今時今日的社會上普遍的寫照：孩子都要贏在起跑線。

我最近才知道，孩子上幼兒園、幼稚園之前，先要做 portfolio 和製作影片，介紹孩子的學習表現、特殊才華、生活技能。

幸好我的兒子已經成人，他們在小學階段，我只安排他們「一體一藝」：兩個兒子都學鋼琴，兩個都考了五級鋼琴試就停止了。

最搞笑是我的小兒子，考二級時哭著對外籍考官說：「I am afraid I am not playing well！」（我怕我彈得不夠好！）他的「示弱」竟然博取到考官的同情分，結果成績僅僅及格。到考鋼琴四級時，他又重施故技，可能年齡大了，人又沒有小時候那般得意可愛，結果考試慘遇「滑鐵盧」。

上到中學，我就不再理會他們的課外活動。

我有一個舊下屬，她考得鋼琴八級：「我的八級鋼琴是給我媽媽拿著藤條迫出來的。」自此以後，她見到鋼琴就有反胃的感覺：「這些年來，我碰也未碰過琴！」

揠苗助長，只會形成孩子對抗抵觸的情緒，拔苗助長甚至會影響他們的身心。

贏在起點，輸在終點

話說友人的孩子念小一，他念的學校屬於傳統名校。

「他考的數學題艱難到連自己也要想一想，之後運用代數才找出答案。」朋友一邊說一邊搖頭。

另一個朋友跟我說：「我的孩子考科學，試題竟然問北極熊有沒有冬眠？原來在北極動物世界，只有北極熊沒有冬眠。我想這問題就是動物學家，也未必能即時答對。

「還有另外一條是非題，問季候鳥是否在冬天遷徙？孩子答是，但原來是錯的，答案是鳥兒在秋季遷徙。對一個只有十歲的孩子，你說合情理嗎？英文文法考時態，我竟然要找 DSE 的教材才找到相關資料！真是過份！」

朋友又無奈又憤怒地跟我說。

朋友也是醫生，她沒有懷疑自己的程度和水準，更不願把念小學的兒子推到補習社去惡補。

事實上，朋友的孩子很聰明，他不願意跟父母放假去旅行，因為想留在家做手工和實驗，閱讀課外書籍。他很渴望自己有放空和自娛的空間。

學校催趕學生，家長求之不進，同聲相應，望子成龍心切啊！

我真擔心這麼樣下去，孩子贏在起跑點，輸在終點線。

我不算是「虎媽」，不過我相信比起姜濤的媽媽，我在孩子的學業上，可能會要求多一些。所以姜濤其實很幸福，姜媽媽好像給他很多空間去做自己喜歡的事情。

不慌不忙，盈科後進

若姜濤有得揀，他會想拿叱咤最受歡迎男歌手獎？

我記得姜媽媽曾經說：「我是一個性情比較急躁的人，做事比較講效率，但姜濤整天都是慢條斯理的樣子！」接著姜媽媽義正詞嚴對姜濤說：「你不可以遲到，你憑什麼要讓人家等你！」

曾國藩曾說：「不慌不忙，盈科後進。」看來，姜濤盡得曾國藩真傳。整句話的意思是別急別慌，小河填滿了，自然就慢慢匯聚成大江，然後大江奔向大海。曾國藩希望後輩做事要沈著，要有耐心，一件件地解決問題，不管大小，水滴石穿，假以時日，回望過去，什麼大事情也做成了！

以姜濤慢條斯理的性格，我相信他不會希望出道只有兩年，就拿下這個大獎。謙虛真誠的姜濤怕自己「德不配位」，他想自己有更多的時間去「磨劍」、長本事。

我覺得姜濤是「不著急、緩稱王」之人。所以在 2021 年，當林海峰恭喜 Anson Lo 時，姜濤看上去不是嫉妒，反而是鬆了一口氣，還推波助瀾的讓 Anson Lo 站起來。

「這次好了，讓你嘗嘗高處不勝寒的滋味！」我估姜濤可能這樣想。

福為禍之所倚，禍為福之繫。站在高處，那些 haters 就把你當成為目標。

你當然不希望是這樣子。

況且成名太早，可能會受盛命所累，影響自己將來的後勁，也一定會惹來很多人的嫉妒。

不是每個歌手都如張敬軒那樣善良心寬，有教養有風度。

其實這些我也一一為你想過！我希望姜濤不是一棵小草，一歲一枯榮，而是一棵百年大樹。

回到肥仔被欺凌時

姜濤曾數度落淚，我只敘述我看到的。

第一次是在全民造星時，被投票選為「最想被踢走」的人之一。只見他面對質詢時，用手摟緊腹部，保護自己，怕受外界的傷害。姜濤欲言又止，吞吞吐吐，最後要花姐出手相救：「姜濤不擅詞令，性格內向，朋友不多，他參加全民造星，為的是想多認識志同道合的朋友。」

最後姜濤不禁哭了，花姐的話打中他的心坎。

因為是獨子，他叫 Mirror 成員做「哥哥」，希望從他們身上學習。參加全民造星時，姜濤給花姐批評：「你不要再耍傻仔戲賣萌。你好好的唱已經可以，不要自掘墳墓。」

事後姜濤找花姐：「我不想每次表演都是一樣，但我無論怎樣努力，別人似乎看不見。」

姜濤對自己的表演有要求，在嘗試的過程中，他感到氣餒。

另一個哭的場合，是他在音樂會中唱〈力量〉那首歌。

「我一直都不敢唱這首歌。我中學時要聽完這首歌才可以上學。我根本不知如何跟別人溝通，包括校內校外。」姜濤說。

唱這首歌時，姜濤回憶起中學那段自卑的日子。

成績不好，人又內向，體形肥胖……種種因素加起來，姜濤成為被欺凌的對象。

「死肥仔！」同學說。

曾經因為褲頭的鈕扣爆開，姜濤給同學取笑了半年。

姜濤在學校是 underdog，永遠處於弱勢。

所以姜濤一直沒有自信和安全感。為了避免進一步的欺凌，他鮮有把內心的想法和感受跟別人分享。

姜濤第三次哭，是在 2021 年叱咤頒獎典禮時，唱那首〈Dear My Friend,〉。

當自己在事業處於高峰時，好友在自己眼前猝死。

在演唱這首歌時，姜濤泣不成聲！

姜濤對中鋒，還是在深深的哀悼；那份哀愁，那份無常、還是埋藏在他的心坎裏。

「我一時之間根本消化不到這些事，唯有把這些事擱置一邊，集中精神去工作。」姜濤說。

在「答案」那輯片段中，姜濤帶觀眾返到他的母校。

「這是我最黑暗的日子，那時的不懂事，成就現在的懂事。」姜濤說。

有人在說自己

Jenny 是不足月的嬰兒，她一直被一位很有愛心的兒科醫生照顧。那位兒科醫生，就像守護她的天使。

「契爺叫我來看你！」Jenny 說。

契爺就是那位兒科醫生。

「我最聽契爺的話。」Jenny 補充。

「我最近情緒很壞，會無端端低落，只想把自己困在一個黑暗的地方，不停哭泣，甚至想自殘，直至自己筋疲力盡，不知不覺睡著了。」Jenny 説。

「Jenny 你最近有沒有不開心的事？」我問。

「沒有！」Jenny 説。

在談話當中，我發現 Jenny 的過去幾年，經常處於高壓力的狀態。

「我成績本來很好，運動也不錯，初中的時候，很受師長同學的愛戴。可能因為我好勝，勉強自己選擇理科。但我發現自己力不從心，怎樣也唸不好選修科目。同時之間，我又要兼顧校外活動，感到很吃力。」Jenny 説。「感到最不開心的，是同學的閒言閒語：你憑什麼兼任那些職位，成績又不見得突出。你之所以得到老師的信任，一定是拍了老師的馬屁！」Jenny 哭著説。

結果 Jenny 的 DSE 成績不理想，只能入讀護理學副學士。

Jenny 入讀護理學，只因想跟隨契爺的腳步。

「我覺得做醫生很偉大，但我不夠優秀，唯有退而求其次，選擇做護理工作。」Jenny 説。

Jenny 選修副學士課程兩年，拼了命努力讀書；她説自己用了「洪荒之力」

去完成課程。

Jenny 終於如願以償，進入中大唸護理系學士。

但 Jenny 不時發噩夢，她和大學的同學相處也不融洽。

「我時不時都有驚恐反應！辛苦的時候，不能聽到任何噪音，只能把自己關在房間內。

「我好像不能信任別人，經常感到有人在說自己。」Jenny 說。

我依稀記得姜濤也曾經有「感到周圍的人都在說自己」（imaginary audience）的經驗。

我開了抗抑鬱藥給 Jenny，不過情況沒有太大改善。

有一次，我忽然想到，Jenny 的壞情緒突襲，她的噩夢，她的恐慌、她對人的不信任，還有她無限 loop 的自責……

在在顯示，她可能是患上複雜性創傷後壓力後遺症（Complex Post-traumatic Stress Disorder C-PTSD）。

「複雜性」創傷後壓力症候群

「複雜性」創傷後壓力症候群（CPTSD）跟創傷後壓力症候群 （PTSD）的分別是，後者的創傷事件主要是「單一」的，而 CPTSD 則是「一連串的傷害事件」所引起的心理創傷。臨床上最常見的是家庭環境，如孩童在「虐待」（身體、心理：情緒、語言、或性虐待） 或「忽略」的家庭中成長。

我相信 Jenny 經歷的，是過去幾年同學的言語欺凌，和在唸副學士時，她把自己處於高壓力、患得患失的狀態。

「同自己說：Jenny 已經長大了，唸了大學，將來可以幫助別人。

對那個在高中的 Jenny 說：我不再害怕，我現在有能力可以保護自己了。」我對 Jenny 說。

我希望類似的說話，也有機會跟姜濤說。

CPTSD 會出現哪些症狀？除了 PTSD 的主要症狀，CPTSD 的症狀還包含：

1. 情緒重現（emotional flashbacks）。突發並澎拜地感受到童年受虐或受遺棄時的感覺：壓倒性的恐懼、羞恥、孤立、暴怒、哀慟或憂鬱。常出現一陣子的倒退現象（regression）。

2. 毒性羞恥（toxic shame）。壓倒性地覺得自己愚蠢、令人厭惡或一團糟，完全失去自信自尊。

3. 自我拋棄（self-abandonment）。嚴重者失去了健康的自我意識。

4. 惡性的內在批判（vicious inner critic）。自我羞辱和自責，自我感覺不好和愧疚。

5. 社交焦慮（social anxiety）。對社交感到非常不安，逼使「靠自己」作為生存策略。

6. 其他可能症狀：長期的孤獨感、被遺棄感、低自尊。依附問題（attachment disorder）、人際關係問題、大起大落的情緒變化、解離（dissociation）、過度戰或逃（fight or flight）反應、對壓力反應過敏、自殺意念。CPTSD 的這些症狀並不是先天的，而是由重複、多次性創傷事件後天造成的。

CPTSD 有得醫嗎？

要和 Jenny 建立互信的關係並不容易。可能因為她是由「契爺」介紹給我，所以比較願意跟我分享她的內心世界。

Jenny 試過不少次在約定的時間沒有出現。也許是她潛意識裏想測試一下，我是否可信賴的人。畢竟她被信任的人背叛多次。那種感受當然不易理解。

Jenny 從小到大都不斷經歷著言語欺凌、被同學孤立，自己又受著種種的功課壓力。回到家中，Jenny 甚少跟家人溝通她的情緒。在她被轉介見我之前，從來沒有向外人提及自己的創傷經歷。

其中一個原因就是她無法和別人建立讓她有安全感的關係。即使她拿出了勇氣告訴母親，得來的也只是她的無動於衷。

「你現在不是好端端的嗎？為什麼不向前看，放低往事！」

「入了大學，我以為自己會好起來。但時不時都會浮現自己沒有甚麼價值的想法……」Jenny 願意跟我說出她的感受，是不容易的。

「Dr May，你是我的『契媽』！」Jenny 說。

我的眼眶也不自覺的潤濕起來。

五感描述

Jenny 經常出現強烈的情緒，讓她有自殺的衝動。所以在治療的早期，首要目標就是要在強烈情緒出現時，學會駕馭自己情緒。其中一個方法，就是以她身邊環境來吸引她的注意力。

「當你能夠專注於觀察眼前的人或事物，就不容易被創傷的回憶黑洞吸進去，重新經驗受創傷時的無力感與恐懼感。」我講解這個技巧的重要性。

「每當強烈的負面情緒快將控制你時，我要你環看四周……現在請告訴我，看到甚麼能吸引你呢？」我開始引導她的視線。

「我看到對面大廈天台上的一棵植物。」她回答。

「很好，請告訴我那棵植物的三個特徵。」

「葉子很綠、樹幹有點粗……。」

「我看到雀仔。我好像聽到牠們的歌聲、感受她們的輕盈、聞到她們的氣味。」Jenny 很快學會用五感來描述周圍事物的特徵。這個應對技巧讓她被負面情緒困擾時，獨自仍能帶自己逃出回憶黑洞。

處理複雜性創傷個案時，我經常要提醒自己，不可急著要她們講述創傷經歷，使她們二度創傷。這樣的話，她們在離開治療室後，有機會覺得情況更差，就不會或不敢回來，變成另一個提前結束的個案（premature termination）。

另一個治療重點是要找出個案在生活中的優勢。Jenny 喜愛偵探小説和窺探宇宙的奧秘。我經常讓她講述偵探小説的情節。我也會聚精會神聆聽著，很少打斷她。慢慢我們建立起一種很特別的關係。在這段關係裏，Jenny 感覺到安全、穩定，初次感受到自己的價值和重要。這種感受是她在生命裏從沒出現過的。這也是為甚麼她在生活當中未能與人建立開放坦誠的關係，和同學一起時只會覺得格格不入。

有了這段治療室的安全關係和「我也有價值」的經驗後，Jenny 便有信心走出她狹窄的生活圈子。

後來她當上了讀故事義工，為小朋友閱讀故事，成為這些有創傷經歷的小朋友的好朋友。她亦非常期待每星期的探訪時間。Jenny 逐漸建立起自信、處理負面情緒的能力，和別人建立並維繫關係的方法，並在生活中找到自身的價值，再也不是從前那個無關重要的少女。她花了很大的氣力才克服了恐懼感和無力感，因為她知道，她也能改變其他有創傷經歷的人的命運。

我相信 Jenny 一定會成為富有同理心的好護士。

看不見的傷口

「原來一句『死肥仔』，對於成績不好，自信又低的肥仔，是很傷害的。」姜濤說。

這牽涉到姜濤童年時那看不見的傷口。

二〇一八年一月份，屯門時代廣場發生了一單命案：一個五歲的女孩臨臨被發現昏迷，她滿身傷痕，送院後不治。施虐者據報是臨臨的生父和繼母。這宗轟動一時的虐兒案令社福界和教育界警覺，要加倍提防同類事情的發生。

二〇一八年暑假期間，我參加了到以色列的旅行團，在團中認識了一位中學教師。閑聊時她對我說：「我是教初中的，那些剛來報到的學生，個個都很可愛，可是他們不少是凌亂骯髒。我要像褓母般帶著他們。還有一個可悲的觀察，就是他們表現得很依賴。」

「今時今日，為人師表真不容易，」我說。

「現在的確是少了父母對孩子身體虐待，因為大家都知道體罰是犯法的，但是父母心底對孩子的嫌棄、忿怒，甚至敵視，卻會演變成心理虐待！」老師說。

「好後悔生了你！你似隻豬一樣！你究竟有沒有用腦袋想想？不要做一塊四方木，踢一踢，郁一郁！」老師說：「這些都是由學生口中得知，是孩子的父母斥責他們的說話。」

「我生你就是製造垃圾，不明白為何當初生你出來。」老師補充。

最致命的，是父母對孩子充滿暴力的說話：「不是你死，就是我亡！成個傻瓜咁，不如去死！」老師感嘆的說。

心理虐待（情感虐待），是照顧者在教養教育孩子的過程中，有意或無意，經常性或習慣性地發生的一切言行，不但影響孩子心理健康，並使其受到傷害。當事人通過欺凌、恐嚇、強制、控制、嚴重侮辱、貶低、威脅、過分的要求等形式，入侵孩子的心理、思想、感情，達到操縱孩子的目的。

心理虐待會引發孩子的內隱症狀，例如焦慮、抑鬱等。被虐待的孩子會出現自我感覺偏低，缺乏自我價值感、自我認同、低自尊、低自我效能感等情況。這些孩子的獨立性會較差，引發依賴別人的行為。

一直以來，心理學家和教育專家都認為，孩子若缺乏照顧者的關懷、愛護和鼓勵，心靈所受的創傷，往往比體罰更嚴重。心理虐待對智力、心理、情緒、道德發展，都有一定程度的障礙。

受到心理虐待的孩子，與遭受身體虐待和性虐待的孩子，在同等程度上面對焦慮、抑鬱、低自尊、創傷後壓力後遺症和自殺傾向等問題的困擾。在某些情況下，心理虐待也許會使問題更加嚴重。研究發現，心理虐待與抑鬱症、廣泛性焦慮症、社交焦慮症、依戀問題和藥物濫用等問題高度相關。受心理虐待的孩子，更容易誤入歧途，走向犯罪，誘發嚴重的社會問題。

此外，身體虐待，尤其是長期持續性的，都會伴隨著心理虐待。

考慮到青少年心理傷害的普遍性，以及心理虐待所造成的嚴重影響，在心理健康和社會服務培訓上，應重點關注和及早介入處理。

今時今日，不少父母自己本身都處於高壓的環境。這些年來，在追求卓越的競爭文化裏，我們標榜的，無論在學習或工作上，都是提高學業成績、辦事能力和工作技巧。學習和工作是獲得名利權力的手段，而不是維持生活，與別人分享成果。無論在學校和在家裏，我們都不是在建設一個愛的關係的花園。這種缺乏柔和兼愛的氛圍，就算禁止了體罰，也不能杜絕心理虐待和它的嚴重後果。

在二〇一二年，美國兒科科學院認定，心理傷害是現今最具挑戰性、普遍性的孩子虐待和疏忽。

為人師長，我們豈能不好好反省？

我相信姜濤一定能夠通過以往痛苦經歷，成為一個更加善良和堅強的人。姜濤，難怪你的歌常常唱到我們的心坎裏！我們一定會陪伴你一起成長。

教育制度的反思：學習的引爆點

姜濤求學時，曾經遭受到種種的挫折、孤單、打擊……令我不禁再想想我們的教育制度的種種。

我是在 1981 和 1983 年考會考和高級程度試的。那時候甚少同學有補習老師，遑論參加大型補習社（那時這類補習社還未出現）。那個簡單的年代，中學時超過九成的同學出身草根階層，他們是自發地努力讀書，還要幫手做家務、照顧弟妹、幫補家計如穿膠花、剪線頭等。

就是升上大學，班上大多數同學都住公屋，大部分都是傳統津貼和官校的學生。那時社會有上游機會，大家都在相對公平的環境努力。

我覺得那時的考核制度都較為合理，你只要語文，包括中文、英文合格，大學收生著重選修科的成績。我班不少同學理科成績掄元，但語文科僅僅合格。現在他們不少成為出色的醫生或科研人員。反觀今日的「神科」學生，除了從外國回來或唸國際學校的那批，DSE要求中、英、數和選修科目，都要取得優異成績。「全才」的學生根本不多，結果不少「理科尖子」因語文科考得不好而被大學摒棄，這些都是無謂的浪費，真是令人很痛心。

錢鍾書數學不合格，其他文科卻成績優異。若放在今天，他一定不會被清華大學錄取。

比這更荒謬的，是語文科的評核。我在中學會考時，中文拿甲等成績。我沒有花很多時間溫中文科，我相信我的中文作文和閱讀理解一定取得高分。我只是讀很多閒書，所以作文行雲流水。

説到這裡，我想起兩個北大的學生。

幾年前，兒子入住大學宿舍，同房的是一位內地生。有一次，他對兒子説：「內地的大學生，都會早半個小時就到講室佔位置，我初時在香港也這樣做，卻發現這裡的大學生，要上了課半個小時後才到齊。」

兒子感嘆道：「唉，香港學生的求學熱誠，真的比不上內地生。」

中學時期，兒子班上有兩個要好的同學，他們兩人今年都入了北大。其中一個唸環球經濟。兒子說他很喜歡北大的大學生活，感到自己真正自由地做著自己喜愛的事，也慶幸在北大同學的學習氣氛和動力都比香港好。

另一個同學，他一早就立定志向要唸中文，這在一間傳統的英文男校喇沙書院是很罕見。他 DSE 的成績很好，中文科所有的項目都拿到 5**，只是作文拿了個 2，屬於不合格，結果中文整體拿了個 5*。

「為什麼會這樣的？」我問。想當年，我會考作文下筆時隨心而發，沒有什麼框框，反而考了個 A。

「媽媽，張灝洋的中文比老師還好！

「我在校考得中文第二名，但我 DSE 作文得 3 級。不過比張高一級！」小兒子說。

「為何會這樣？」我問。

「可能我們不能『扣題』，或是內容不符合考評局的評分方案。」兒子說。

「但同學一早就決定了唸北大的中國語言及文學系。

「張灝洋更是今年獲得『香港青年史學家年獎』的兩個學生之一。」兒子說。

張在北大觀察到歷史科旁聽生很多，而在香港中史是不被重視的閒科。那時只得18歲的張灝洋說：「所謂歷史的沉悶，根本不是歷史的過錯，只是制度、模式、人的想法強加於此。當我們讀歷史的時候，應撇除一切實用性想法及主觀成見。從一個觀察欣賞的角度出發，才能反璞歸真、欣賞歷史本源的美。」

對這樣的一個年輕人，我由衷的為他感到驕傲！

同時我又想到，要贏在起跑線的教育制度，是否能令學生產生投入感、熱誠和鍥而不捨的學習？現今我們的教育是否只有一輛有速度而無方向的快車？我一直在這問題上思考。

回歸後已經24年，教育還真的有很多值得反省的地方：培養孩子認識中國歷史，建立民族認同。不讓我們的考試制度製造一批又一批的失敗者。今年我看到很多學童移民英國或加拿大，很多人不是為了政治因素，而是父母認為外國有更健全的教育制度。

學習也要講 Timing

「我希望我能夠完成中學課程！其實也沒有什麼好隱瞞，我成績不好，中三留班。社工建議我不如唸青年學院，培養一技之長。

「自己離開了中學之後，就有點後悔這個選擇⋯⋯」姜濤說。

我覺得姜濤不是不擅長讀書，反而我覺得他很聰明。姜濤並沒有有讀寫障礙，他的智商肯定高。不過若果他在學校不開心，沒有朋輩，那一定會影響唸書的興趣。

我始終覺得，學習是有關信念和方法。

多年前有一則新聞報導：有一個中學生，因為大病和發高燒，在家休息了一段長時間。他病癒之後，回到學校時，簡直「士別三日，刮目相看」。該學生由一個頑童，變成愛好讀書的莘莘學子。原來學生在養病其間，悶得發慌，幸好那時候互聯網不甚流行，他閒來無事，把書本慢慢細讀，竟然看通了以前囫圇吞棗的東西，還慢慢培養出興趣。說到底，自主性的學習，效率和效果都是最佳。

話說自己讀中學時，會在往返學校的巴士上回想學習內容，也嘗試去弄通一些問題概念。我喜歡在上完一課書後，把題目做好，還用不同的參考書，把一個公式和理論從各方面去運用、理解。我發現這種學習方法很有成功感，也不會考完試就把內容還給老師，有助建立概念基礎，以後讀書就能事半功倍。

我有很多的讀書的啟蒙，是從教會的團契的大哥哥大姊姊而來。有一次，一位大學生分享她的讀書心得：「在大學，你沒法把授課內容全部溫習。我把重要的綱領、概念、重點記好，這好比先建構好骨架，之後就把一點一滴的看似零散的內容安放在骨架上。」

這個做法原來好符合大腦功能。學生在病榻上，不能蹦蹦跳，也沒被外界事物分心而能聚焦學習，不知不覺就建立起不同的知識方塊。在建立好一定數量的方塊後，中間再加上發散式的學習，如放空、散步、洗澡等活動。這種學習像水泥，把不同的知識方塊在腦海裏連成有意義的知識概念和系統。

自己的讀書心得，也是在聚焦學習後，用做練習的時間加強鞏固。此外，我還善用乘車的時候去思考，發散式的學習令到知識有深度和寬度。

至於教會團契的姊姊，她的學習是由上而下。她把要學習的內容來一個鳥瞰，再慢慢由下而上去學習，一邊建立知識方塊，一邊把方塊放在骨架上。

世上無難事，只怕有心人。只要對學習存有信念，鎖定目標，加上有效的方法，就能有效發揮自己的潛能。我這些理論，不少來自《大腦喜歡這樣學》這本書，大家不容錯過！

話說回來，我想姜濤的興趣和天賦在音樂、在表演。我想他即使有空，也會用來揣摩音樂和表演。

姜濤，倘若有一天你若果想深造一些什麼，我相信有理想信念的你，一定會開展出一條康莊大道。

姜濤，你在中學時期，有沒有經歷過「關鍵時刻」？

若果你曾經歷過，我真想聽你說一下。

關鍵時刻

「關鍵時刻」，是深刻難忘的體驗，哪怕是顛峰或低谷。關鍵時刻往往帶來洞察，也是呈現自己最佳狀態的時刻。

我讀初中的時候，有一位張老師教我們自然科學。那天張老師談到人的起源：

「精子卵子結合，就成為一個受精細胞。細胞一分二、二分四、四分八……成為胚胎，之後成為嬰兒！」

「一粒受精卵如何分為不同器官的細胞？為何細胞會自動自覺各歸其位？」我問。

「坦白説，這還是科學上的一個謎！」張老師説。

那一刻，別人可能不知我內心的想法，但我認為自己問了老師也口啞啞的問題，感到驕傲不已。這個關鍵時刻成為了我日後學習理科的動力。

另一個「關鍵時刻」，是我在大學的時候發生。大學時期我唸書成績平平無奇。記得那是我上精神科的第一課，教授對我説：

「你先去單向玻璃房內，見見那位病人！」

進入房間後，被安排會診的，是一個患上癲癇症和思覺失調的病人。

「今次你為什麼被送到醫院來？」我先發問。

病人很詳細地跟我披露他的病情。

會診結束後，教授對我說：「你說話就像一個精神科醫生，你有沒有想過做這專科？」

這一句話，其實背後有著很大的肯定和鼓勵。

事後想起，這「關鍵時刻」也許是我啟發了自己日後的發展方向。

我也有一些低谷的「關鍵時刻」。

記得那時候我在醫院工作，感到人事管理很有問題，於是就對一位同事吐苦水。

只見過那位同事顧左右而言他。她那一刻的眼神，令我知道她不是一個聆聽者。

那一刻我有了洞察，知道我在這部門的難處，只有很少的人會有正義感、同理心。大部分人都是因循自保過日子。因為這樣，我決定離開工作了20多年的機構，投身私人市場。

作為母親和醫生，只要肯用心去觀察聆聽，就可以為我的孩子和求診者創造「關鍵時刻」。至於老師和家長，更可以打破平常習慣，用心令學生子女感到受重視和被需要，因而令他們得到鼓勵啟發。

掌握「關鍵時刻」的方法，首要就是提升覺察能力，知道對方真正的需要。激發人的潛能，不總是在成功的時候，有時會在逆境時刻；不只存在著風光時，也存在在人生的谷底：當真正跌到谷底時，往往反而更加認識自己，甚至把危機化為轉機。

姜濤，我在你身上看到這個「關鍵時刻」。

心想，這也是你決定減掉身上40磅贅肉的動力和決心。

你一定有這一剎那令你改變一生的關鍵時刻！

現今常遇到的學生問題

你知道現今青少年學生中，最常遇見的是什麼？

答案（純屬筆者個人臨床經驗）：

1. 拒絕上學

2. 自殘

3. 宅男宅女：沉迷網絡世界

1. 拒絕上學

近來有越來越多的學童，有拒絕上學的情況。

「媽媽，我以前班上有一兩位同學，長期不上課。」小兒子說。

「老師說有一個準備出國升學，另一個有情緒病。」小兒子說。

孩子拒絕上學背後的原因很多。首先，孩子拒絕上學，是「不能」，還是「不為」？「不能」上學，可能是遭遇校園欺凌，或是有情緒障礙。「不為」基本上就是逃學。逃學的原因，不外乎懶惰和貪玩。不過最近聽過一個孩子說，他情願上 YouTube 學新知識，覺得比上課有趣和有用。不合時宜的教育，也是令到學生不願上學的原因。

最近跟一位家長 Amy 談天，她說到一個很久沒有上學的孩子。

「孩子已念中二，他媽媽帶他去見精神科醫生，醫生說孩子患上抑鬱症。只是孩子吃了個多月的藥，仍不能上學。」Amy 說。

「孩子的媽媽帶他去見另一個精神科醫生，第二位醫生說孩子患上自閉症，因為有社交障礙，所以不肯上學。」Amy 再說。

媽媽很困擾，不知所措，於是帶孩子去看第三位精神科醫生。第三位醫生說：「他兩樣情況都有，孩子既有抑鬱症，也有自閉症。」

最後，本來在北京工作的爸爸，看到家中情況一團糟，毅然辭職返港。爸爸留在香港，想了解清楚孩子不上學的原因。

爸爸發覺孩子家中的電玩，種類越來越多，堆得通屋都是。最關鍵的是爸爸發現，媽媽每天都給孩子 300 元零用錢。

謎底解開了，孩子書一直唸得不好，上課無心機，不時受老師指責，在學校沒有成功感。現在他不用面對讀書壓力，只要把自己關在家裏，有一部功能齊全的智能手機，又有自己的電腦，就能馳騁在網絡世界，加上每天有那麼多零用錢，生活不知多輕鬆舒服。

不少孩子初期確是有些學習困難，情緒困擾，但事情演變下來，可以是逃避壓力的生活態度。孩子始終年紀小，往往只顧眼前享樂，不會為自己長遠打算，也不會明白他越不上學，學業困難就越大，他在同窗之間就更無自尊。作為父母和醫生，要抽絲剝繭找出孩子不能上學的原因，一步步的讓孩子重回校園

不肯上學的名校生

最近我看了一本發人深省的好書：《寵溺美國心：好意和壞觀念怎麼耽誤一整代人？》作者是畢業於史丹佛大學法學院的律師 Greg Lukianoff 和知名社會心理學家 Jonathan Haidt。

作者指出，在校園第一個謬誤，就是有關脆弱的迷思。相對於尼采的名言：「殺不死你的，使你更堅強」。現在校園奉行的，是「殺不死你的，使你更脆弱」。

直到 1990 年代中期，根據研究統計，當時只有 0.4% 八歲以下的兒童有花生過敏。在 2008 年用同樣的方法做調查，過敏率增加超過3倍，是 1.4%。

合理的解釋：我們「過份」保護孩子。自 1990 年代中開始，家長和老師不讓他們接觸到花生和花生製品。到了 2015 年，權威研究發現：在受保護不碰花生的孩子，有 17% 發展出花生過敏；反而刻意接觸花生製品的孩子，只有 3% 發展出過敏。結論是：「規律食用含花生的製品，能誘發保護性免疫反應，而非過敏式免疫反應。」

最近我遇到一名中學生，在傳統名校就讀。學生因為追不上學校進度，拒絕回校上課。

「醫生，我的孩子在學校缺乏自信！」家長說。

「他不是缺乏自信，他應該是追不上課程，逃避上學，越弄越糟，成為惡性循環！他感到十分無助！」我說。

「怎麼辦呢？」家長心急如焚地問我。

「可以的話，叫孩子儘可能上課，能追得多少就追多少！不明白的地方，就找老師或補習導師。大不了，就留班再重讀一年，打好基礎。」我說。

「他不可以留班的，這樣他的自卑感會更甚！怕他受不了，選擇了結生命！」家長立刻反駁說。

「醫生，你可否替我寫信給學校，叫老師上課不可以對孩子提問；還有，告訴學校孩子的心理狀態，不適合考試！」家長說。

面對這些過度保護孩子的家長，感到很無奈。

坦白說，尼采的話不一定正確：太嚴重的創傷會在孩子身心留下烙印，之後患上創傷後壓力症候群。不過，讓孩子相信失敗、羞辱和痛苦經驗，會令自己永遠受損，這種做法本身何嘗不是另一種的傷害。人類和萬物一樣天生就有一種「反脆弱」的能力。孩子在成長過程中，需要在身體和心理上接受適量的挑戰和壓力，才可以茁壯成長。

否則我們的下一代，就只剩下了一顆玻璃心！

姜濤，儘管在學校遇到的挫敗感和孤單感，你一直都有堅持上學，對於這一點，我看到你生命的韌力。

真的要上學嗎？

這裡，又令我想起一個真實的個案——Johnson 不停地挑戰，真的要上學嗎？

認識 Johnson，是三年前的事，那時他正準備要考 DSE。

Johnson 在一間名校就讀，成績不過不失，但是到了中六，他差不多有半年不肯返學，整天賦閒在家，整天上網聽歌看片玩遊戲和睡覺。

四月份，Johnson 基本上是「空槍上陣」去考 DSE。七月份，DDE 成績出來了，他的數學考得很好，其他科目也合格。拿著這個成績，Johnson 成功入讀副學士課程，還選了他有興趣的電腦科。大家都鬆一口氣，以為 Johnson 可以返回生活正軌。

只是上不到一個月課，Johnson 又不肯上學了。

「我不知讀書為了什麼，讀書不是為了尋覓心中的好奇和興趣嗎？但這些年我只知道讀書是為了考試，我實在厭倦這種生活。學校教的電腦課程，我自學也相差不大！」Johnson 說。

若果他真的肯找一份相關工作、邊做邊學，我覺得上不上大學不是太重要。

讀大學不如讀字典

我想起二十世紀初的幽默大師林語堂博士。當我讀到他的傳記時，知道他不鼓勵二女林太乙上正規大學。要知道，在那個年代，大學生是天之驕子，畢業出來不愁沒有好工作。林語堂博士認為知識隨手可得，只要有一部字典，不明白的地方去查看，就可以終身學習，根本就不用上大學。結果林太乙中學畢業後，就要邊教外國人國語，邊自修寫文章。

有趣的是如果林語堂博士生在有互聯網的今天，幾乎可以一按鍵就能知天下事，相信他對學位和什麼碩士博士銜頭，更嗤之以鼻。

我很認同林語堂對教育的看法：

「人生及學校工作之最重要動機，在於工作之快樂，及知道這工作在社會之價值。依我看來，學校最重要的工作，在於啟發鞏固學生這種的靈機。」

「我反對一種觀念：學校須直接教學生將來應世有用的知識及各種藝能。應世不是那麼簡單，可以由學校的專科訓練學得來的。」

斯多葛主義

做人處世，難免遇到不少困難逆境。一世紀時，有一位哲學家名叫艾比克泰德 Epictetus，他的出身很困苦，是個奴隸，行動不便。可能是這樣的處境，讓他發展出一套處世哲學。斯多葛主義（Stoicism）代表堅定，他說到人生最重要的美德是：智（practical wisdom）、義（justice）、勇（courage）、節（temperance）。

Epictetus 身體力行這四樣美德，幫助了很多人！

姜濤，人生不會一帆風順，所以我們心中也無需有順境逆境之分。

無常是常，人無千日好，花無百日紅。這是鐵一般的事實。

姜濤你曾經說過，買一層樓收租就退休，之後過另一種人生：輕鬆地做個開心的肥仔。不管你的抉擇如何，做到能進能退，能行能隱，這就是智慧。

無論如何，若我們能以「智義勇節」作為安身立命的座右銘，我相信我們一定能活得更有力量，成就出逆市奇葩。

2.自殘有什麼問題？

認識 Jada 是這幾個月的事。

Jada 有一個令父母擔心的事情，就是她經常自殘！

「我不明白為什麼我不可以自殘？我只是用刀刺自己的大腿，沒有大礙，也不影響他人！」Jada 說！

「你為什麼需要這樣做？」我問。

「因為我有不開心的時候，我想把情緒趕走。身體的痛楚可以掩蓋我的負面情緒！」Jada 說。

「有什麼別的方法嗎？」我問。

「這個方法好用又便宜又快捷！」Jada 說。

事實上，傷自己時，身體會釋放一種自然的安多酚（endorphins），有鎮痛作用，類似鴉片。

「這樣做有很多潛在問題！」我告訴Jada。

「第一，你不能好好覺察情緒。當然你也沒有可能辨識這些是什麼情緒。人最基本的七種情緒是愉快、悲傷、蔑視、憤怒、厭惡、驚訝、恐懼。最重要的是意識到之後，有沒有接受面對這些情緒，檢視其背後的想法！」我說。

「知道了又如何？」Jada說。

「知道了，便能好好處理情緒，就其背後想法，明白了解自己。有勇氣的話，更可以挑戰一下自己：這些想法是對的嗎？有沒有其他可能性？能這樣養成習慣，就能轉化情緒，達到自我成長！」我繼續說。

「為什麼要這樣做，麻煩極了！」Jada不耐煩地說。

「你為負面情緒找捷徑，當這樣做成為了習慣、上了癮，甚至成為條件反射時，你處理壓力的能力就很脆弱！你缺乏了對自己的認識，如何能夠培養反省能力、解難能力、良好的EQ？」

「自殘是你的朋友，也是你的敵人！」我說。

現今教育其中一個大問題，就是缺乏生命教育。

教育最基礎的目標，就是培養對生命的尊重。

生命是最基本的價值，人一生只能活一次，生命是所有其他價值的基石。

怎樣才算尊重生命？最起碼的要求，是要珍惜自己的生命。

現今校園內，經常發生學生自殺問題。這當然有很多原因，不能一概而論。問題涉及現行教育體制問題、考試壓力、同儕相處上的壓力、家庭問題、學童患有抑鬱症等。不過也可能是學生自己的原因，就是把生命看得太輕，一點不如意、遇到挫折，一時想不開，就結束了自己的生命。

我記得作家周國平對生命教育如此說：

「熱愛生命是幸福之本；同情生命是道德之本；敬畏生命是信仰之本。」

這三句話，可圈可點！

3.「宅不宅」由得我？

Ada 自從中四開始，就不肯上學。後來媽媽替她找來私人補習，希望她可以報考大學入學試。

「最近這年，因為新冠肺炎，順理成章不用上學，Ada 很開心！」媽媽心存僥倖的說。

「你平日在家做些什麼？」我問 Ada。

「我愛上網，看書，畫畫等！」Ada 說。

「疫情舒緩後，你也不想回學校嗎？」我問。

「我媽媽替我請了補習老師，我並不需要上學！」Ada 答。

「但你不能跟同學一起玩，不是很可惜嗎？」我問。

「我不喜歡跟人相處！」Ada 露出了不耐煩的表情。

我嘗試細問，但 Ada 並沒有被欺凌的經歷。

「跟人相處很麻煩，一個人又自由又舒服！」Ada 說。

父母是孩子第一個最重要的啟蒙人，其言談身教將成為孩子的內隱學習。但是孩子需要在羣體中長大，在跟友儕遊戲中培養人際關係的基本能力。事實上，人的社會化，也是在同儕羣體間形成，而不單由父母家人。事實上，青少年時期，同儕的影響比父母大。新冠疫情期間，孩子失去的不單是課室內的學習，更重要的是孩子間的互動。

研究發現小時候不會跟別人玩的孩子，長大後只能跟電腦玩。因為只有電腦這種沒有生命的玩伴，才可以忍受不懂與人相處的孩子。難怪不少患有自閉症的孩子，只能沉迷打機。

在家當然自由自在，在學校相對有很多規範。在家可以對父母和傭人作出任意的抱怨和唾罵。在學校同學可以選擇不跟你做朋友。

我勸告 Ada 的媽媽，若孩子一直都不肯上學，也要在疫情舒緩後出外做做義工，例如替其他小朋友補習等。孩子跟別人互動，就是讓他透過觀察、模仿，角色替換而帶來人際間的體驗和學習：「察人顏色，知人喜怒」，是孩子將來立身處世的重要能力之一。

孩子在學校有規範，也令他們可以學習容忍，就是負面情緒，也要跟它們相處。這些就是 EQ，也是生活幸福和事業成功的重要的基石。

最後，我想說，孤寂的人生會使孩子思想偏激，我們見過的好幾個冷血的殺手：林過雲、鄭捷，美國校園槍擊案的兇手……當中不少都是孤僻沒有朋友的「宅男」，我們對「宅」還可以掉以輕心嗎？

「不能」還是「不為」

「宅男宅女」，又稱「隱蔽青年」。他們整天窩在家裏，不善於與他人交際，還沉迷於網絡的虛擬世界，喜好電玩、動漫等。

事實上，「隱蔽青年」的出現，也是拜科技進步所賜。今時今日人們只要在家中，就可以透過網絡馳騁世界。現今青年人的就業問題，也造就了「啃老族」。漸漸地，他們再不肯面對職場挑戰，終日無所事事，在家消遣。

成為「隱蔽青年」和「啃老族」，要分開青年人究竟是「不能」還是「不為」去應付外面的世界。

那些「不能」面對外面世界的「隱蔽青年」，有部分是患上某種程度的精神障礙。自閉症就是其中一個例子。自閉症患者在與人相處時會焦慮不安，所以不難想像他們容易將感情傾注在虛擬環境。

也有「隱蔽青年」是患上社交焦慮症、廣泛焦慮症、抑鬱症、思覺失調等精神情緒障礙。

「社交焦慮症」的特徵，是患者在很害怕處身在公眾場所，覺得仿佛全世界的眼光，都投射在自己身上。至於「廣泛焦慮症」的患者，會整天感到焦慮和不安。

患上「抑鬱症」的隱青，因抑鬱症令患者缺乏生活的樂趣和動力，對未來感到無助無望，以至拒絕上班上學。

「思覺失調」是嚴重的精神病，可分為陽性徵狀和陰性徵狀。陽性徵狀如患者有幻覺和被害妄想，他們覺得外面的人都影射着自己，所以情願窩在自己的家裡。陰性徵狀的表現，就是缺乏動力、思想貧乏和感情麻木，患者不願走出社會。

至於「不為」的情況，坦白說就是逃避生活和個人成長的責任。

形成「不為」這情況，可能跟父母過份保護的教養有關，令到孩子變得依賴。

不過我認為社會的改變，教育的僵化也是原因。有學生質疑讀書的目的，反正現今學位貶值，大學畢業生沒有什麼謀生保障。青少年面對地產霸權往往感到沒有出路，只能賦閒在家。

裝備好我們的下一代

我一直思考如何去裝備好我們的下一代。

德商MQ，不止IQ、EQ

前兩天，我和侄仔到餐廳吃飯。我們二人點了自己的餐後，侍應生順道問我們想要什麼餐飲。

「天氣真熱啊，就給我來一杯凍檸檬可樂吧！」我說。

「姑媽，我也要！」侄仔跟着說。

「凍檸樂每杯要加10元，其他餐飲只加3元！」侍應生說。

「那我不要了，我只要杯凍檸水！」侄仔說。

「想要凍檸樂就要啦！我也要一杯！算是我請你！」我說。

「還是不用了，你自己要吧！」侄仔堅持說。

那位中年的女侍應有點吃驚地問：「小朋友，你今年幾歲？」

「姨姨，我今年15歲！」侄仔答。

「你真乖，這個年紀的孩子，很少有你這樣為人著想，幫她省錢；多數的孩子是自己想吃什麼就要什麼！」女侍應說。

侄仔尷尬地笑了一笑。

侍應把一杯凍檸樂和凍檸水捧上來後，我就問侄仔：「我想知道，是誰教你要節省的？」

侄仔的父母，都是粗枝大葉的人，平日不大會跟孩子着意說這些事。

「我也想不起，究竟是媽媽還是爸爸跟我說的！說實話，這些事情，就像吃飯一樣，是自然的事。我不可能記得，是誰教會我吃飯？」侄仔說。

我相信孩子品格的形成，是家庭教育潛移默化的成果。道德的培養很重要，「德商」(Moral Quotient)可以避免孩子走向失敗的人生。

一個有德商(MQ)的孩子，就是一個有同情心、為人善良、有良心、有正義感、能自我控制、能寬容、懂得尊重自己和別人。

現今不少家長都知道，EQ 令人有高度的自制力和人際交往能力。不過若缺乏 MQ，仍然是不足夠的。因為價值往往是中立的，並不能區分對錯，不能避免人做錯事。

德商是一個人存在的根本準則，人生基本方向。一個人的德商有問題，日後可以放棄和踐踏生命，或走向犯罪的道路。即使事業成功，也往往迷失生命的方向。孩子的德商，往往是觀察和模仿成人的行為，逐漸形成的道德觀。

難怪，它就像侄仔所言，是像吃飯一樣自然而然的事！

Grit

我相信，有 Grit 的年青人，如姜濤一樣，發光發熱，一定能夠成為我們將來的希望！

《剛毅性格》（Grit）這本書由 Angela Duckworth 博士撰寫，在 2016 年獲美國亞馬遜網上書店評為健康書（心理輔導）類最佳10本書之一。

作者說一個人成功不能單靠天資，更重要的是培養對事物的熱忱和剛毅的性格。她通過研究和訪問名人，總結人單靠天資是不一定成功的。不過，如果加上熱忱和剛毅的性格，這個人的成功便指日可待。

這本書令我想起兒子的一個小學同學，他和兒子一樣在校內參加羽毛球學會。有一次，兒子扭計不肯去操練，我問他為什麼，原來他怕教練要他練跳繩，他說他只喜歡打球，不愛操體能。我跟著他回校練習，教練很憤怒地對我說，兒子竟然把媽媽帶來「大」她。教練用不屑的眼神看著兒子，跟著指著另一個小孩。只見那小孩面紅耳赤地在跳繩，直至夠二百下才氣喘如牛的停下來。教練說小孩很有毅力，雖然他打球天分不高，但很落力練習，更不會辛苦一點就向媽媽扭計撒嬌。後來我認識了小孩的媽媽，之後知道小孩的家庭遇到經濟困難，全家人由大屋搬到細屋。我跟他媽媽一直保持聯絡，小孩唸書不算標青，但最後都能考上香港大學。我相信他靠的是毅力和堅持，因為他明白到家人沒有能力供他到外地升學。

若果今日讓我重新教育兒子，我會著力培養兒子對事物要有熱忱的心，反而不把學校的成績看得那麼著緊，這需要一點特立獨行的勇氣。建立熱忱的心需要孩子有留白的時候，也就是沒有功課和手機霸佔的時空，讓他們有自己的心聲和自主感，做他們真正感興趣的事。

另外就是要自小便建立他們剛毅的性格。要他們幫手做家務是一個好途徑，做家務是令孩子培養責任感、貢獻感和執行能力的上佳方法。

博士相信這熱忱的心和剛毅的性格都可以後天培養的。她強調在培養剛毅性格的時候，我們要培養孩子對事物產生興趣，之後要勤加練習，做事要有目標，對將來要抱有希望。

為什麼不是100分？

姜濤曾經説：「不知為什麼，我覺有一天，我會跟『小豬』一起同台表演！」

因為這個信念，培養了姜濤的恆心毅力！

姜濤，我知你是完美主義者，以下的説話我好想同你分享，那就是88分的智慧。

我有追看電視節目〈多功能老婆〉，對主角周栢豪的一段説話頗有共鳴。

「為什麼要88分，而不是100！」楊千嬅問。

「沒有人是100分完美的，拿100分的學生，他們的目的是想做唯一最優秀的學生，要拿冠軍！這樣子，他們往往就變得過份保護自己，容易變得自私，不肯跟別人分享。甚至成績只要稍微差一點，就認為自己是失敗者。拿100分的同學往往給自己很大的壓力。他們追求的不是求學，而是一次又一次對自己的挑戰！」周柏豪說。

「那88分的同學又如何？」楊千嬅又問。

「只拿88分的同學，既有進步空間，退步了的話又可作為提醒！因為不需要有掄元的壓力，他們會樂意跟別人分享自己的知識，那自然能結交朋友，當然活得開心些！」周柏豪補充。

事實上，我看見不少家長對子女說：「我不要求你考第一名，只要你盡力就好了！」

活在「要盡力」的心態下，有些孩子就是做得倦了也不肯休息，心想：「我還可以多做一點，我怕自己未盡力！」若孩子本身有完美主義的傾向，一旦發現自己未曾溫習好考試範圍，可以輸夜不眠。

Paul 就是典型例子。他小學時還應付得很好，只是上了中學，就感到壓力很大了！最後他唸到中四就不能上學。

「我一想到要上學就害怕，焦慮得要命！」Paul 說。

「這是條件反射，你已經把學校看成一個戰場，視每一項功課、測驗、考試為挑戰！」我說。

「你要一步步地重返學校，把功課、測驗、考試視為檢查站：懂得什麼，有什麼要弄清楚？

「漸漸地調整心態，把焦點放在學習過程，而不只是分數上！」我說。

「媽媽要我盡力，我不知道自己是否已經全力以赴！」Paul 問。

「吃東西要吃七分飽，唸書也是七、八成就夠了！考不到 100 分要獎勵自己。對自己說：我可以擺脫完美主義的枷鎖！我不用考 100 分也會自我感覺良好！」我說。

「我想我可以試試這樣做！」Paul 說。

我相信人有知性的追求，把焦點放在求學過程上，而不只是在分數上，結果會令我們的學習更為充實和平衡！就讓我們回到只吃七分飽，只考88分的智慧！

姜濤你有沒有看今屆的冬奧？羽生結弦雖然不能蟬聯冠軍，但他感到自己已經完成了他的心願，也享受比賽的過程。

我真希望見到做到88分的姜濤。

培養 6C 的能力

姜濤，你經常說沒自信，這令我想起台灣的洪蘭教授那一篇文章：〈培養孩子 6C 的能力〉。

我隨機問一些少年人，覺得這6個C是什麼？

Keith 只說了4個：caring（關懷）、compassion（慈悲）、cooperation（合作）、conscientiousness（認真）。

Keith 是很善良和喜愛關心人、幫助人的少年，他現在唸社工系，這是他的志業。

Clara 也說了4個C：confidence（自信）、creativity（創意）、collaboration（合作）和 communication（溝通）。

Clara 是很有上進心和熱情的醫科學生。她挑選的4個C，也反映了她的性格特質。

那麼洪蘭提到的6個C是什麼呢？

Content（內容）、critical thinking（批判思考）、communications（溝通）、creativity（創意）、cooperation（合作）和 confidence（自信）。

「啊！原來這樣！」Keith 和 Clara 說。

「那麼，你們認為哪個C最重要？」我問。

「Communications 最重要，現代社會，尤其是互聯網絡世界，溝通是最重要的！」Keith 說。

「Creativity 最重要！現在很多機械式、重覆性的工作，都被AI取代，保持有創意就顯得格外重要了！」Clara 說。

「那麼，洪蘭教授怎樣說？」二人異口同聲地問我。

「洪教授說『content』最重要！我想你們有點意想不到吧！試想想，若果一個人沒有內容內涵，憑什麼可以有真正的 critical thinking（批判思考）和 communications（溝通）。前者只把批判思考作為『為反對而反對』，後者的溝通是言之無物、語言空洞！」我說。

「Creativity 也很重要吧！」Clara 心有不甘的說。

「根據洪教授說，心理學上我們對創造力的定義是『從兩個不同的東西找出第三個新的用途』，這個定義在神經學上就是兩個神經迴路連到了一起，激發了第三個神經迴路。事實上，歷史不少的發明，就是由『靈光一閃』產生：如青霉素、牛痘疫苗、苯的結構等。這個靈光一閃是神經迴路電流碰觸所發出的火花。因此神經迴路連接越多越密，就更可能激發火花。」

「那麼，如何可以增加神經連接密度呢？經過科學家努力研究，發現答案竟是我們每天閱讀，閱讀強化了我們的背景資料，令我們可以舉一反三、觸類旁通！」我說。

對，有了豐富的背景資料，我們就能作出有深度內容的批判思考和溝通，在資訊泛濫的情況下也能篩選出重要的訊息。

至於6個C中，哪個最不重要？答案竟是confidence！其實有了前面的5個C，日積月累，人怎會得不到自信？同儕怎會不認同和欣賞你？

姜濤，讓你年輕的生命，不斷累積經驗知識，成為6C狀元！

竹樹

姜濤，你記得我之前講過，我們無時無刻都需要向大自然學習。

有一個十幾歲的青少年有情緒困擾，與同學的相處也不開心。

一天，他來找我，看起來很沮喪。我問他究竟發生了什麼事。

「我演出了一齣話劇，但在表演過程中我忘記了台詞，之後主角要替我執生！」少年低下頭跟我說。

據悉，少年人事後在後台哭得崩潰了，在地上滾動！要老師和同學勸勉多時，才平息下來。

「求學時期與剛出來社會工作，都只是人生的預備階段（preparation），為了之後充分發揮和表演（performance）！」我對他說。

這令我想起竹樹的成長。竹子4年才長3公分，而到第5年開始，就以每天長30公分的速度快速成長。到了衝刺期，僅僅6週的時間，一下子就可以長到15公尺！而我們多少人願意默默耕耘4年？

我們看不到的，是竹子在前面的4年，它的根在土壤裏，慢慢延伸到數百米，紮實了根基！教育可不是立竿見影的事，但我們有這樣的遠見和能耐嗎？

麥爾坎・葛拉威爾（Malcolm Gladwell）在《異數：超凡與平凡的界線在哪裡》一書中提到：「人們眼中的天才之所以卓越非凡，並非天資超人一等，而是付出了持續不斷的努力。一萬小時的錘煉是任何人從平凡變成超凡的必要條件」。

披頭四的例子

從1960年到1962年底，披頭四總共去了德國漢堡5次。第一次，他們演出了106個晚上，每場5小時以上。第二次，他們表演了92場。第三次，共演出48場，總計在舞台上的時間為172個小時。最後兩次在漢堡的演出，也就是在1962

年11月和12月，共演出了90個小時。他們在1964年初嘗成功滋味時，據估計已做過1200次現場演出。你知道這是多麼非比尋常嗎？今天，大多數的樂團，在全部的表演生涯中，恐怕還沒可能演出過這麼多場次。漢堡的磨練就是他們成功的關鍵。

竹樹的比喻，就像做人做事一樣，好多時候，都不要擔心你此時此刻的付出，是否得到即時的回報，或是看不到眼見的成長就放棄。要記住，很多時候你的付出，都是為了扎根，為了預備，有了那一萬小時的磨練，機會一來，你就可以乘風破浪。

姜濤，你之前對唱歌表演默默付出，當機會出現時，當千里馬遇上百樂時，就是你大放異彩的時候。

姜濤，跟你分享我的悼詞

我有一個年輕的病人，她患上焦慮和失眠。年輕人除了工作忙碌外，也喜愛思考人生。

有一天她對我說：「醫生，我寫了自己的悼詞，想讀給你聽！」

「多謝你的信任，我洗耳恭聽！」我說。

年輕人徐徐唸出她的悼詞。

她讀完之後，大家沉默了一會兒，我對她說：「不如我唸我的悼詞給你聽，好嗎？」

於是我把自己的悼詞唸出：

「我相信人的生命，分兩個階段。第一階段，奠定我們的身分和地位，在這個階段中，我們拓展我們的學業、事業、婚姻、社會位置等等。這也許就是戴維．布魯克斯説的『簡歷美德』。

到了生命的第二階段，則是追求靈性的發展，我們希望找出那內在真實的自我，活出人生真正的意義與價值，讓心靈得到歸宿，獲得平靜、喜悅和自由。這也許就是戴維．布魯克斯説的『悼詞美德』。

我剛開始私人執業時四十多歲，還處在第一這階段：積極擴展業務，盡量爭取傳媒曝光，提高知名度。近幾年，我發現自己或許已經走到人生第二階段。

人生中令我最困擾的一件事，是我在二〇一七年九月在小西灣社區會堂，演説『健康身心，快樂城市』這題目之後，在回家途中目睹一位年輕女子在城巴被男友刀傷致死。她長髮披面，臉色泛紫，醫護人員為她急救。那場面令我震驚，我好像覺得自己所做的並沒有價值：這邊廂説快樂城市，那邊廂發生情殺和企圖自殺。我很困擾，在彌撒後找關俊棠神父開導，他説或許我要進入人生的第二階段。

二〇一八年，我在以色列耶路撒冷聖地遊後，旅途中，我接二連三的收到病人和家屬突然逝世的消息。當中有一個和我年紀差不多的男子，他很有活力，事業有成，在外地做義工時被車撞倒，失救而死。他的死令我感到非常惋惜感慨。

另一個女子也和我年紀相約，在年初發現了末期癌症，不消三個月就往生了。這女子對她的父母有很多放不下的心結，她時時刻刻都渴望得到父母的認同，經常為此感到不開心。

最令我難過的，是一個年輕女病人。她為人十分感情用事，而且自以為是。她因感情問題，一個衝動站在住所附近的高處，一躍而下，弄至脊椎骨折，下半身全癱。我去醫院探望她時，她連沖涼洗頭都要護士幫忙。

人生充滿悲劇苦難。

我此時為自己寫下悼詞。隨著年紀增長，人生的各種困境一定會接踵而至：身體病痛、壓力倦怠、情緒低潮、成年的孩子離巢，他們的發展或許令我失望……但是，讓我擁抱這些『必要的苦難』，把種種『向下墜落』的困境，轉化成生命『向上提升』的契機。當生命的洪流把我沖出令我安逸已久的舒適圈時，讓我不抱怨並學習感恩：在臣服中學會謙遜，以平常心待人接物，珍惜身邊的人，盡可能活出友善、誠實、勇氣、同理心和慈悲。

我希望自己在『簡歷美德』和『悼詞美德』之間再次取得平衡。也希望能好好走過第二階段，讓生命活得雖不完美，卻得到完整。

正如關神父所說：人生三大任務：敬天、愛人、忘我。若我死時回顧一生，我願不離這『存在核心』。」

唸完悼詞後，我對年輕人說：「你可能還在建立履歷的時候，不如想想你五年後，希望未來的自己跟現在有什麼分別？」

年輕人同意我的建議，因為人的成長，始終有其過程，我也是到了知天命之年，才回歸內在：感到人留下的，不是豐功偉業，而是自己的「言、德、行」。

姜濤，你現在還在人生第一階段，像那年輕人一樣。每一個階段，自有它當要面對的功課：臣服、接納、慈悲、勇氣、中庸，讓我們一起努力吧。

成長的勇氣

幾年前，兒子在上海的律師事務所實習，告訴我他感到世態炎涼。

「我被指派替上司做雜務，但我盡全力做好。有一次，上司工作很忙，要我代表她出席一個會議。出席會議後，我把會議的重點記錄下來給她參考，她感到很窩心。

「不過當大家一起吃飯時，上司只把關注放在一位同事上！」兒子說。

「那是一個很特別的同事嗎？」我問。

「那位同事也是我的朋友，他為人和善，做事醒目能幹，親和力強，年輕但懂得人情世故。」兒子說。

「那簡直是『冇得輸』！」我說。

「而且他家底好，在劍橋大學唸完法律學位之後，在清華大學取得法律碩士學位。他是尖子中的尖子。我只在中文大學唸法律，差得太多了！

「不過上司也真勢利，她簡直把我當成透明！」兒子說。

「上司當然喜歡能夠幫到她事務所的人，你的朋友有能力又有人脈。在商業社會，這也是順理成章的！」我跟他說。

事實上，在這個充滿競爭挑戰如煉獄一樣的時代，以敏感的心靈活下去，確實要有勇氣和毅力。

小兒子像我一樣，很敏感。不過我已經過了知命之年，而他還是那麼年輕。

說起敏感，我總會想起你，姜濤。

「其實我很感謝我的粉絲，因為藝人沒有觀眾，就不可能存在。多謝粉絲們為我的付出。人的生命是寶貴的，你們花時間在我身上，就像把生命的一部分送給我！」姜濤感恩的說。

在這個世界，萬事是相依的，我們都是相互依存（interdependent）。正如醫生不可以沒有病人，老師不可以沒有學生一樣。

「我今日受歡迎，不擔保明天會是一樣！明天可能出現一個比我唱跳更好的藝人。」姜濤說。

所以我要為你寫一篇力量和勇氣的文章。

四種存在的焦慮

Rollo May 是二十紀美國存在主義心理學家，尼采、齊克果可被看成是他的先驅。我最愛的艾隆醫師（Dr Irvin Yalom）就是他的徒弟。

存在主義以「人為本」，尊重人的個性和自由。人是「被拋擲」在無意義的宇宙中生活，人的存在本身沒有意義，不過人可以在存在的基礎上自我成長、成就自己。

艾隆醫師說，人有四種存在的焦慮：死亡、孤獨、荒謬（無意義）、自由。

我覺得姜濤你已經經歷了死亡、孤獨和荒謬。

好友中鋒死在你面前，你年紀輕輕，死亡竟然跟自己那麼近，令你措手不及。

在你成長過程中，你曾經抗拒孤獨，最後，孤獨竟然成了你的良伴。

從小到大，你未曾被人看得起過，還慘被人出賣，被人愚弄，以為拖了一個女孩子的手就是拍拖。

現在姜濤成為偶像、萬人迷，走到那裏都是粉絲。為什麼落差會這樣大？究竟姜濤是誰？

一個曾經是不起眼的「宅男」，現在是個充滿舞台魅力與光芒的歌手藝人。而姜濤你就存在在這個弔詭之中。

焦慮

我也經歷過死亡、孤獨和無意義的存在焦慮。

青少年患上焦慮症，到今天成為醫治情緒病的醫生。原來焦慮症在我的生命中，是一份化了妝的祝福。

至於死亡，可能你有所不知，不止發生在我的 clients 身上。想起來，已經是十多年前的事。有一天，正當我在門診忙著看病人，我收到警方電話，告訴我，我的奶奶墮樓身亡。

我整個人呆了！事後我如決堤般痛哭！

一個精神科醫生可以醫好別人的母親，但我的奶奶卻死於自殺！我很自責。

「為什麼那麼荒謬的事情會發生在我身上？」我問上蒼。

我不停看有關死亡的經典，那本《西藏生死書》，我從頭到尾看了兩遍。

有一天，忽然有一把聲音對我說：「你親人的死亡，會成為你工作的使命。對。你以後不會忽略身邊每一把絕望求助的聲音！」

勇氣

Rollo May 在他那本《創造的勇氣》的書中，說明了勇氣究竟是什麼。

「真正的勇氣指的是人面對自身的一種內在質素，如勇於正視自己成長中的焦慮體驗，以及勇於追求自我認識和自我實現。」

換句話說，就是敢於深入認識自己，在必要時維護並堅守自己，以實現生命的意義，以及在必要時把自己委身於一種更高的價值。

姜濤，我覺得你已有面對自己的勇氣。當然，前面還有很漫長的路。

Rollo May 進一步說：

「勇氣是勇於與自己成長中所遇到的種種問題和情緒同行；勇於選擇正視成

長中的煩惱；勇於承擔認識自己的自由與選擇。」

Rollo May說，所謂勇氣並非我們沒有恐懼失望，而是我們儘管有，也有能耐持續前行，一步一腳印。

真正的「猛人」，不在於孔武有力或超強的吸金能力，而是於乎敬、恆兩個字。「敬」是敬天憫人，尊重經驗和累積，做事不走精面、捷徑。所以當我看到姜濤尊重前輩，在演唱會演唱他們的歌，就知道你心裏有「敬」。「恆」就是毅力、恆心，不求一蹴即至，不會一曝十寒。在這方面，我對姜濤很有信心。

我們除了要有這份勇氣，還要生命中有一個「核心」：神學家田立克所說的「終極關懷」。因為我們要有令我們安身立命的核心，才有一個堅實的抛錨點，可以進一步抉擇委身於什麼，否則任何志向終究都是不真誠的，也不能帶來生命真正的成長。

勇氣是重要的，因為它能帶來存在（being）和成長（becoming）。

Rollo May還分析了四種勇氣：形體的、道德的、社會的、創造的。

四種勇氣

1. 形體的勇氣

表現為強健或優雅的體格，勇於鍛鍊身體去面對外面的挑戰。

十年瑜伽的修練對我來說絕不容易，我練成的每一個式子：頭倒立、烏鴉式、一字馬……都來之不易。但相比姜濤你，由 200 磅堅持減到 140 磅，你比我有更大的堅持與勇氣。

2. 道德的勇氣

有兩個重點：一是忠於自己的良心，二是能體會感受別人的苦難。這正是儒家所說的「忠」與「恕」。

「作為藝人，我想自己能付出什麼！

「我希望有一天，人們會記得這個姜濤是個不錯的藝人。」姜濤曾經這樣說。

六歲的周天瑜，因醫療事故一直昏迷在醫院，周爸爸播放姜濤那首〈蒙著嘴說愛你〉給她聽，天瑜眼睛竟會轉動並發出哼聲。爸爸說她昏迷以來罕有出現如此明顯反應。對於此事，百忙之中的姜濤親自拍了一段為天瑜打氣的影片，還說：「若果可以的話，我一定會唱歌給你聽。」

這方面，我是十分欣賞姜濤的。

3. 社會的勇氣

人與人之間的交往，不也是需要勇氣的嗎？我們需要敞開自己的心靈，並且在了解與接納對方的同時，去開放自己、甚至願意放下執着，改變自己。

Rollo May 說：「在當前社會中，身體的赤裸，往往要比心理上、精神上、心靈上的赤裸更為容易。」

跟人有親密的肉體接觸容易，只是，我想姜濤是「靈慾一致」的人；一方面害怕，但又渴望與人有深交：與別人分享心中的夢想、恐懼和希望！這些一點也不容易，因為當你分享這些的同時，同時也分享了自己的脆弱。尤其是一個公眾人物，受到傷害的風險往往就更高了！

因為有風險，所以需要勇氣。

社會的勇氣，也指由於觀察到人我的差異而學會成長、尊重、包容與關懷。

人有惰性習氣，安於自己的舒適圈內，不願也不敢接受挑戰，我們需要勇氣改造自己！

之前我一口咬定我阿嫂是「姜糖」很無聊，但當我深入了解時，我有勇氣開放改變自己，我也自豪地說：我是「姜糖」。

4. 創造的勇氣

去發現新的形式、象徵、典範，然後落實到具體生活中。

姜濤你那些反映內心經歷的歌曲：孤獨病、Master Class、鏡中鏡……這些都是之前少見的。印象中，類似的作品有徐小鳳的〈順流逆流〉、羅文的〈幾許風雨〉，你堅持自己以作品說話，實踐了創造的勇氣。

尼采：「創造力來自人能從別人感到厭倦、輕篾不屑的老舊東西。從一般人不會注意到的人物中，捕捉到新知與感性的人。」

姜濤你擁有才華，人又善感，我相信毅力、耐心、體力就是琢磨才能的必要工具。

我希望有人可以煲湯給你飲，你每日可以吃到住家飯（我家的工人姐姐煮餸超正），又可以有充足睡眠……

最後，Rollo May 說：

「人類持續追求突破、超越限制，因有創造而進步！唯有勇敢的人能創造，也唯有人格健全的人可以勇敢！」

共勉之。

姜濤，你要找到那條幸福之路

姜濤，你知不知道有一刻，我有很大的衝動想見到你。到了我這個年紀，我不純粹為「追星」，而是我掛念你，怕你看不開，甚至有情緒病。

"I am tired of everything" 這個 IG，曾經令我很擔心。

我的診所就在銅鑼灣，步行5分鐘，就能到你家樓下。

在演藝界，作為偶像壓力之大，不是我們一般人可以理解。

2003 年，張國榮因抑鬱症而自殺身亡，當時社會受到 SARS 的肆意蹂躪，整個社會雪上加霜。

2017 年，鐘鉉自殺身亡，據他說，就是看了精神科也覺得沒有用。

鐘鉉，韓國 SHINee 樂團的主音。他年輕、英俊，有才華，有成千上萬的女粉絲，可說是事業有成。兒子告訴我，他的死令不少少女很傷心。據說遺書透露，他找不到幸福之路，最後不敵抑鬱症而走上絕路。

報章報導鐘鉉看過精神科，但他認為幫不上忙。遺書上提到「吞噬」他的抑鬱症，稱自己「從內心開始出現問題」

事實上，現今抑鬱症的治療，是有其限制的。

吃抗鬱藥只能對 60% 至 70% 的人有幫助。其餘大約 1/3 的人，需要一種或以上的抗鬱藥，或用其他的藥物配合輔助（adjunct treatment）。

一些患者，尤其是上了年紀的人，要用腦震盪治療（electroconvulsive therapy ECT）。但仍然有一、兩成人不能治癒。這些「藥石罔效」的抑鬱症，稱為「頑治抑鬱症」。

頑治的抑鬱症，較常見的有以下的特點：

1. 上了年紀的人
2. 曾經腦中風的人
3. 腦部曾經受創傷
4. 同時患有人格障礙
5. 同時有濫藥酗酒的習慣

我不認識鐘鉉，不過正如許多演藝界的偶像，我覺得鐘鉉有機會患上完美型的人格障礙（Obsessive Compulsive Personality Disorder OCPD）。擁有完美型的人格障礙，當事人事事過份認真，對細節很執著；他們對自己和別人經常抱著懷疑態度，也容易對人對己有強烈的批判。

事無大小都力求完美，其實並不利於個人成長。一個人要經歷人生高低跌宕，才有通融的智慧和抗逆能力。正如小孩學懂騎腳踏車，也要經歷不少跌倒爬起，最後才能掌握到動中的平衡。

若患者的抑鬱有很長和慢性的病歷，同時有很嚴重的焦慮症狀，或當事人抗拒治療，經常自行斷藥，導致復發，最後都容易演變成頑治情況。

近年流行的腦磁擊（Transcranial Magnetic Stimulation TMS）只能幫助一些吃不到正常劑量或高劑量的人，並不代表能對抗頑治情況。

現時較有突破性的治療方法，竟然是使用氯胺酮 Ketamine（俗稱K仔）不過這不是市面摻有雜質的K仔。

用K仔來治療抑鬱症，據稱又快又有效，最近我在臨床上也有使用，藥名叫做Esketamine。我用在3個病人身上，對某些病人真的十分有效，不過也不是萬應靈丹。

幸福背後

「我現在21歲就拿了這個叱咤最受歡迎男歌手大獎，以後的日子，我如何是好？」姜濤說。

同樣地，鐘鉉談及他的工作，擔心找不到幸福之路。

原來當生活的基本要求滿足了之後，幸福跟一個人擁有什麼，就沒有太大相關。幸福之道也不是一個答案、一條捷徑，有這些執迷只會令人陷入更深的失望與不快樂。

當然，幸福的先決條件，是抑鬱症能有效改善，只是不再抑鬱，也不代表能感到幸福快樂。

可幸的是，快樂是可以透過後天的努力學習的。第一要學曉感恩，對於這方面，姜濤絕對是謙遜和懂得感恩的人，雖然他不太懂得表達。

「因為以前的經歷，我不太習慣向人道謝……

「作為一個藝人，要感謝的人實在是太多了！我心是知道的，我會逐一向你們道謝。」姜濤說。

不懂得感恩的人，絕對不會是快樂的人。感恩是可以學習的，透過每天寫下幾樣值得感恩的事，慢慢地，人就會懂得感恩這美德。

最近我膝痛得厲害，幾乎行平路都是一跛一跛的。

「原來可以舒暢地步行是一個祝福！」我感慨的說。

記得之前的主日彌撒，關俊棠神父說：「一個不懂得感恩的人，就如一個飄泊的孤兒。」

有一次適逢聖誕，我到朋友家吃火鍋。我給每人帶了一份禮物去，還對每個人唸了一封感恩信。經過這個練習，每個人都好像品嚐了一客心靈雞湯。

此外，利他的行為也會帶來令人意想不到的快樂。渣甸街早上經常坐著一個老伯，他的二胡彈得很動聽，我上班時行過都會豎起拇指讚美，老伯會微笑點頭，而那天我也有一個溫馨的開始。

鍾鉉作為偶像歌手，在觀眾面前難免要時刻保持帥氣。但他應該只視之為角色扮演。事實上，每個人都要「准許自己成為一個人」，換言之，要知道並接納自己的人性。人有喜怒跌宕，要學習面對並無條件的接受自己。紅得發紫的偶像也有情緒困擾，情緒是無法改變的，但看事情的角度可以轉化。認同痛苦或美好情緒，都是人性的一部份，一如物理世界的萬有引力，是一個現實的存在。

很快樂的人和很不快樂的人的區別，不是在於一個會傷心、難過、焦慮，而另一個不會。這兩類人都有傷心難過的時候，區別在於快樂的人能夠迅速地從痛苦情緒中恢復過來，轉換看事情的觀點角度。

我從不鼓吹盲目的樂觀，我重視的是積極而現實地面對世界。消極情緒只會令我們的意識和情感變得更為狹隘；積極心態能拓展我們的思維、視野，使我們有更多的創造力。消極，有些時候是災難性的想像，它會產生惡性循環和自我預言實現。

我真希望年輕人，尤其是姜濤，能記住這番說話，找到不一樣的幸福之道。

長期焦慮抑鬱症

「苗醫生，我最近過得很有滿足感！」Candy 對我說。

「我弄了一個大咕𠱸給大哥，他喜歡得愛不釋手！」

Candy 給我看那隻大咕𠱸的照片。

「嘩！你的手工不錯啊，從前你連針也拿不穩！」我驚訝地說。

「你不記得嗎？是你經常鼓勵我，要發展工餘興趣！」Candy 說。

「我專心做針線、畫畫、剪貼等，都能令我靜下心來，心境變得澄明，感到平靜愉悅。做這些手工，令我更能發揮創意，體會生活多一點情趣。當我把這些手工作品送給人時，令我懂得愛和付出。我與人之間的關係也改善了！」Candy 說。

「施比受更為有福！」我說。

難怪 Candy 的抗鬱藥可以慢慢減少。

幾年前跟林超英夫婦吃飯。林先生說到人生的支柱，就是親人、朋友、事業、興趣。

林先生說中大的胡秀英教授，就是把事業當成自己興趣的典型例子，成為可以終身探索的過程。不過，就算工作不能是興趣，只是賴以糊口，工作以外，也要培養一些興趣，最好有兩三樣。

林先生愛好科學、歷史、地理、觀鳥、花草……「我生活得很充實，我退休之後的生活很好。」林生說。

在診所遇見不少患上抑鬱症的病人，他們很多時，除了工作進修外，沒有發展什麼興趣。藉口不是太忙，就是沒有時間。不過，我想也與我們的成長和生活態度有關。

我遇過一個患上情緒病的女士，她是工作狂，升職像坐直升機。我問她喜歡什麼，她說她愛唱歌。

「那麼就去唱歌吧！這興趣會有助你走出抑鬱的深淵。」我說。

「不行，就是唱歌，我也不能放鬆自己。我會跟別人比較，強迫自己比別人出色。」她說。

我不禁低頭嘆氣。

現在不少孩子從小就學習一身「才藝」，又文又武。有時我不禁想：孩子是否真心想學，還是為了那本 portfolio，為了符合父母期望，考入心儀學校。父母師長往往因為升學的壓力，與及「將來有沒有用」的心態，扭曲了學習的初衷。這是否對孩子的全人發展有益？

興趣，人人皆可有，任君選擇，沒有誰強、誰弱、誰贏、誰輸。不錯，擅長者最後可以將興趣發展為才藝、專業

業餘但樂此不疲者，也學會終身玩賞，並藉以陶冶性情。

姜濤，對你來說，打籃球就是你業餘興趣！各位粉絲就讓他開開心心做運動，不要追着他影相呀！

死亡

原來死亡就在我們身邊。

「打打下籃球，可以猝死！」你叫年輕的姜濤怎樣去消化這件事？

你的哀傷成就了那首我聽一次喊一次的〈Dear My Friend,〉

我是醫生，經常接觸生與死。

十年前，我遇到盛康，一位年輕的專科醫生。他的死亡令我一度想放棄行醫。

盛康30歲，已婚，是眼科醫生。

盛康在家中排行最大，有一弟一妹。盛康唸書出色，是媽媽的驕傲，更是弟妹的偶像。

盛康本來有一個幸福的家庭，爸爸經營茶餐廳生意，生活無憂。豈料自從環境改善後，爸爸就在外面結識異性，漸漸冷落家人，最後還拋妻棄子。

盛康唸醫科，不為興趣，純粹為了穩定的收入，可以好好安頓家人。醫學院畢業後，盛康入了熱門的眼科受訓，不費吹灰之力通過專科考試，可說是「明日之星」。

盛康很年輕就結了婚，心底裡他很渴望有一個幸福美滿的家。但婚後不到兩年，盛康的婚姻出現了問題，情緒很困擾，後來到了我的診所尋求協助。

「苗醫生，我的太太原來是個控制狂！」盛康說。

「你有沒有跟太太表達過你的感受？」我問。

「有的，但好像作用不大。」盛康回應。

盛康有抑鬱症的徵狀，我給他處方了抗鬱藥，但我明白盛康背後的心結極為糾纏複雜。

我眼前這位年輕醫生，前面是一條康莊大道。不過據聞盛康的生活很糜爛，喜愛酗酒，更喜歡結交不同的女孩。太太最後忍受不住，索性搬回娘家。

盛康對自己的生活方式也感到矛盾內疚。他告訴我，他最孝順媽媽，因為爸爸一直都在外面沾花惹草，媽媽為了孩子，只得啞忍。盛康極痛恨爸爸的所作所為，可是他卻重蹈爸爸的覆轍。

盛康酗酒越來越嚴重，他工作的部門停止了他的臨床工作，只叫他幫忙做研究。

這天盛康來到了我的診所，滿身酒氣。他告訴我想了結自己。原來盛康把我處方給他的藥全部吞下，我叫救護車把他送到醫院。

經過一個月的住院治療後，盛康的酗酒問題好像有點改善，可以比較正常的工作。盛康的媽媽更搬到盛康家中，好讓他生活上有照應。

有一次，盛康跟我說：「苗醫生，你看過《七宗罪》這齣戲嗎？」

「沒有看過啊！」我坦白的回答。

「《七宗罪》是述說一位即將退休的警探，和同事一起調查以聖經「七大罪」設局的七宗連環謀殺案。貫穿案件的七宗罪，是貪食、貪婪、懶惰、淫慾、傲慢、妒嫉和憤怒。電影把人們道德的淪落都突顯出來，也影照着自己的墮落。

苗醫生，我一生充滿家庭包袱：責任、縱慾、抑鬱、矛盾和內疚⋯⋯我心中沒有平安，所以我要情慾和喝醉來麻醉自己，我好想得到解脫。」盛康幽幽地說。

盛康的酒精成癮，牽涉到他的成長背景，也牽涉到靈性問題——人的價值、方向和意義。精神醫學並不能給人活著的意義，這是有關人的靈性和信仰。

過了不久，我突然收到盛康上司的電話：「苗醫生，盛康今天沒有上班，我們找不到他，你有見過他嗎？」

「我昨天見過他，不過他不動聲色就走了，走得有點匆忙！」我心中忽然有不祥預感。

「我看你們不如報警，不過可能已經太遲了，我感覺他已經死了！」我出奇冷靜的說。

當天下午，警方就找到了盛康，原來他把車子駛到山上，自己在手臂上注射藥物，被發現時已經死去。

證實了盛康的死亡之後，我像決堤般大哭起來！

我曾經想過不做醫生，轉做農夫。

「苗醫生，你要好好休息，當你處理好這件事，它會是你最好的禮物。」關俊棠神父說。

盛康對伴侶不忠，濫交成癮，仿佛是他爸爸的影子，這牽涉到投射性認同

（projective identification）的心理防衛機制，這是一種潛意識過程。拿盛康的例子來說，他擁有不忠的屬性，卻一直加以否認，還把這屬性加倍投射到爸爸身上，對他更加排斥。只是童年的盛康對爸爸充滿憤怒，他把精力集中在唸書謀生上。等到事業穩定後，他就酗酒縱慾，當他在自己身上看到他憎惡的爸爸時，盛康感到迷失，心中充滿羞愧。

在盛康身上，我看到家庭教育的重要性：父母會在孩子的心田裡播下他們人生價值的種子。他們的行事為人，最能烙印在孩子心上。

姜濤，你最遺憾的就是身為獨子，沒有弟兄姊妹可以傾訴。據說父母經常有些爭執，但總體來說，姜媽媽把你教得既謙遜又得體，難怪花姐都稱讚：「姜媽媽，你如何教養姜濤，令他說話成熟程度，不像19歲的小子！」

二〇二一年農曆年初四，我收到一個兩年前見過的病人的短訊：「夠了，我受夠了！」

雖然兩年以來他沒有來診所找我，但我對他的印象深刻。

他是一個40歲的男士，是很唯美很有藝術氣質的人。

我二話不說叫護士打電話找他，但是電話沒有人聽。連他的同居伴侶也不知道他的蹤影。

我決定報警，於是警方跟我落了口供。

十天後我收到警方的信函，說有一具屍體被發現了，應該是他。警方要求我寫一個醫療報告。

警方推測他是自殺的，警方最着重的，是他是不是被謀殺。

我想我還可以為他做些什麼？結果我為他的亡魂祈禱求上主。

可以為明天憂慮什麼？

姜濤，聽得太多不幸的個案，我為你說一個很有啟發的故事。

認識朱小姐，是經過腫瘤科同事的轉介。半年前，她確診患上第三期乳癌。

朱小姐是40多歲的中學教師，她一直全身投入工作，至今仍然單身。數年前，她媽媽和姊姊先後因乳癌逝世，本來三個人住在一起，現在她是獨居。

朱小姐步上了她母親和姊姊的後塵，她曾目睹她們臨終前，飽受著病魔的煎熬。只是當時她們還有朱小姐照顧，現在自己卻是孑然一身，孤立無援。

朱小姐經過手術後，又接受了化療和電療。朱小姐因為失眠和焦慮，而被轉介來看我。

我看了朱小姐兩個月後，她的情況看來穩定。

直到有天早上，我一踏進辦公室，同事跑來告訴我，朱小姐昨天從十樓自己的住所一躍而下，企圖結束自己的生命。

「啊！我的天啊！」我大叫起來！

朱小姐奇蹟地沒有摔死，因為她被三樓的晾衣架接住了，她只是有些骨折和皮外傷。

之後的日子，朱小姐臥病在床，動彈不得，我要到骨科病房看她。

起初的時侯，朱小姐一見到我，就把臉別過去，對我非常冷淡。她敷衍地告訴我，她探身窗外曬晾衣物時，一不小心而掉了下樓。

「又是你叫我多找事情做，不要坐著胡思亂想。」

不管怎樣，我給她開了抗鬱藥，並囑咐病房的護士看守着她。這樣子，又過了個多月，朱小姐的身體和精神也逐漸康復過來。而我和朱小姐也逐漸熟絡起來。

有一次，我脫口而出：「妳知不知妳那次意外，令我十分震驚。想到現在能跟妳在一起，真的有種恍如隔世的感覺，我們差一點就永別了。」

朱小姐低下頭，默默地流淚。

就這樣又過了兩個星期，朱小姐已能在病房四處走動。她告訴了我她的心路歷程：

「我一直對人對己都要求很高，我希望事情在我預算和掌握之內。但患上癌症把我殺個措手不及，生命好像失去預算。我像被拋出往日生活的軌跡，突然感到很害怕，很失落。我不敢想到將來，我害怕面對孤獨與死亡。」

「可幸的是，那時有一位很慈祥的長者，經常來探望我，他常常鼓勵我要學習隨遇而安。是的，我在心中一直反覆地思量這四隻字。我終於開竅了：我們只能活在當下，根本不能為明天憂慮什麼。真想不到，這老生常談的一句話，掛在嘴上半個世紀，直到現在才體會到它真正的意思。」

朱小姐這樣的頓悟，真是難得的心靈覺醒！

自此之後，朱小姐跟以前判若兩人。她康復出院後，回到學校重執教鞭。

存在主義心理學曾提到，人與死亡對峙時，經常會創造一個戲劇性改變的機會。海德格談及兩種生存模式，首先是一種是「日常」模式，甚麼事情都很無意識地因循；另一種是「本真」模式，一種覺識存在（mindfulness of being）的狀態，人們在這個狀態，就已準備好生命的改變了。

但我們怎樣才能由日常狀態轉移至本真狀態呢？雅斯貝爾斯提到「邊際經驗」——一種猛然醒覺、不可逆轉的經驗，將人從日常模式轉移至一種更真實的存在模式。而在所有可能的邊際經驗之中，與死亡對峙是最強而有力的。

不少瀕死的癌症病人，都體驗到患病令他們重新排列生命的優序。他們會對名利說「不」，反而會盡力關心他們所愛的人。

弔詭的是，儘管肉體上的死亡毀滅了我們，但死亡的概念卻拯救了我們。

在朱小姐身上，癌症以竟然以可怕的方式，治癒了她的心理情緒病。

活得好死得好

姜濤，我們很多時候，都不覺得自己有一天會死亡，而拼了命去爭名奪利。若我們知道人生的無常，對事情就沒有那麼執着。

姜濤你喜歡大自然嗎？

我在大自然中，得到很多滋養、安慰、力量。

至於死亡，我們可以向自然萬物學習。

天若有情天亦老

月如無恨月常圓

萬事都有循環，這是天道，人一定有高峰、低谷，這些都是我們修鍊的機會。只要我們心中不埋怨，臣服接納，轉化我們的念頭，在危機當中看到轉機。

「小者以人為師」——年輕人要有 role model ，導師。我相信你身邊一定有很多前輩，花姐一定會幫助你、保護你。

「中者以智慧為師」——我們要多讀書，多讀好書，在當中尋找先賢智者的智慧。

「大者以大自然為師」——大自然療癒滋養我們，也啟示我們。

記得中大哲學系陳特教授患末期癌症，一直對死亡有焦慮，當他面對枯葉冥想時，忽然之間明白生命榮枯的周期，令他能坦然面對死亡。

中鋒的逝世，是來得那樣措手不及。姜濤你朋友本來不多，現在少了一個可以隨心傾訴的對象。

我不能完全明白你的哀傷。因為箇中的痛，是沒有人可以分擔的。

我只能默默為你祈禱，讓中鋒的死亡，成為你在事業高峰上，一個化裝的祝福。

我也為中鋒和他的家人祈禱。

「一個人活得好，就會死得好。」艾隆醫師（Dr Irvin Yalom）。

正視抑鬱症

開心的反面，不是抑鬱，只是不開心。

抑鬱是一種病，可以致命的。

二○一六年八月的一個早上，微訊的同學群組傳來噩耗：女外科醫生張睿珊在家墮樓身亡。張留下遺書，內容透露工作壓力、情緒低落等問題。我不認識張，但我有不少同學、同事都認識她，讚揚張醫術精湛，與同事和病人關係良好。張仕途一帆風順，大家不明白她為何尋死。

抑鬱症是一種漸趨普遍的情緒病，據統計，本港有超過三十萬人患上抑鬱症。世界衛生組織的資料顯示，全球抑鬱症患者超過一億人，但少於三成的患者會尋求有效的治療。估計二○二○年之後，抑鬱症會成為全球疾病排行榜的第二位，發病率僅次於心臟病。

不幸患上抑鬱症，輕則損害日常生活功能，重則引致自殺危機，可惜長久以來，抑鬱症頗受忽視，不少人對患上情緒病顯得忌諱，連醫生也不例外。抑鬱症是腦部的疾病，可以是因為遺傳傾向和性格因素，有部份患者在生活上面對極大精神壓力，使他們體內產生過量的壓力荷爾蒙，從而擾亂了腦部分泌，破壞了掌管情緒、行為動機、記憶、睡眠及食慾的部位。

抑鬱症最核心的病徵是持續的情緒低落，患者亦會喪失感受快樂的能力。不過抑鬱症患者的低落情緒，有別於一般人在平時常有的難過傷心、煩惱情緒。他們經歷的是一種複雜、難以言喻的低落情緒：包括傷心、憤怒、羞恥、罪疚、無助、無望等；嚴重的時候，患者甚至認為死去比活著更好，因而興起自殺的念頭。

家人和朋友除了要能辨識抑鬱症的病徵，鼓勵患者求診外，更要留意患者可能有自殺的徵兆：如他們對將來表示沒有希望，說出一些平日不會說的話，例如：

丈夫突然說：「我不捨得太太和孩子！」

「我對不住你們！你要好好看住孩子」等。

有些患者出其不意地把銀行存款、屋契、股票轉名到別人名下，這些交託「身後事」的行為，也響起了自殺的警鐘。

常見有關自殺的謬誤

謬誤一：那些經常說要自殺的人決不會真的去自殺。

正解：每一次當事人提到要自殺，都要留意他有沒有對將來無助無望的想法和情緒，和反常的說話行為。

事實上，若當事人有企圖自殺的歷史，自殺風險比一般人為高。

謬誤二：和想自殺的人談論自殺，會提高他們自殺的危險性。

正解：跟想自殺的人談論自殺，並不會提高他們自殺的危險性，反而能讓患者有機會去抒發感受和求助，專家也能較準確地評估他們的自殺風險，和提供有效的介入。

謬誤三：一旦企圖自殺者表現出改善的跡象，表示危機已經過了。

正解：這也未必正確，因為當事人可能覺得自己既然決定尋死，便不用再忐忑思量，立定心意反而令患者感到輕鬆解脫。

謬誤四：自殺只會發生在某一類型的人身上。

正解：當然，性格內向執著，思想負面且悲觀的人、遇到困難或挫折時較少將心事與人分享的人、思想偏激，不能接受失敗的人，普遍都較容易患上抑鬱症。但就算性格樂觀積極，若不幸患上抑鬱症，嚴重的話，一樣會有自殺的危機。抑鬱症是可治之症，如患者能及早接受妥當的治療，絕大部份的病人可以痊癒，回復正常的生活。

要有效醫治抑鬱症，就要促進大腦的分泌回復正常，修復受擾亂的部位。尋求專業意見，服用適當的抗抑鬱藥、加上心理治療、社交支援等，都是有效的醫療方法。

煎熬的抑鬱期

我也想談談躁鬱症，因為躁鬱症的「抑鬱期」，病人很煎熬，醫生面對這情況，可以很棘手。

二〇一七年，有兩位名人因鬱躁症而自殺，先有美國時裝設計師 Kate Spade，後有香港歌手盧凱彤。

猶記得收到盧凱彤死訊之時，我正在耶路撒冷旅行，團友議論紛紛，因為新聞説她曾宣佈自己的躁鬱症已康復，事業又如日方中，且剛與伴侶結婚，為何仍會發生如此不幸之事？明明看似好轉，怎麼仍會走上絕路？

容易誤診的鬱躁症

鬱躁症是我行醫以來，覺得屬於「棘手」的疾病。這是由於躁鬱症並不是單一的疾病，加上每個病人服用的藥物也有很大的差異。一般來説，有躁症與抑鬱交替出現的情緒病，可分為一型和二型。

一型患者的典型，就是洪朝豐先生，在情緒高漲的時候，他極為「惹火」，言行出位，惹人注目！他本人則自我感覺極為良好，感到「大地在我腳下」的豪情霸氣！不過患者往往在經歷一次或以上的狂躁期後，鬱症或會接著出現，但相對二型較少。

二型的躁鬱症較為常見，重鬱期及輕躁期會交替出現，但並未出現狂躁期，可形容為「九鬱一躁」，鬱的時候較多，躁的時候較少。由於一型比較典型，大家會較易察覺，得到較多關注；二型卻常偽裝成抑鬱症，令患者、身邊人以至醫生亦會誤判，用錯方法醫治。亦有患者即使看醫生兩三年，卻仍不知道是鬱躁症。許多患者與醫生講述病況時，只着眼於抑鬱部分，忽略提及輕躁情況，又或誤以為輕躁期間代表病情好轉，所以沒有提及，所以連醫生也不知實情。

鬱躁症與抑鬱症之別

抑鬱症是「單向性」的情緒病，而躁鬱症是「雙向性」的情緒病。

所謂「單向性」，即代表每一次病發都是純粹抑鬱狀態。至於「雙向性」，即是病發可以是抑鬱狀態，也可以是高漲狀態，甚至是「混合」狀態：即抑鬱和高漲混合一起。躁鬱症發病，可以如鐘擺一樣向兩個極端搖擺。

躁鬱症一型的患者，高漲躁狂時可以很嚴重。至於躁鬱症二型，大部分時間是抑鬱，就是高漲也是程度較為輕微。

我們常說鬱躁症是「繽紛之後的黑暗」，雖然患者會有情緒高漲之時，過後卻會出現抑鬱症狀。有位大學四年級生，出現鬱躁症狀兩三年，他形容自己的人生有三成是好日子，七成是壞日子；好的時候，即使捱夜讀書亦不覺疲倦。他以為病情會逐漸好轉，可是這種強烈的情緒起伏始終交替出現，因此不得不求醫。

我有另一個病人，是外國婦人，她的躁鬱症在產後變得嚴重，絕大部分時間，都感到抑鬱，整天躺在床上，連照顧小孩也不行，丈夫想跟她離婚。我用了幾個月時間，把第一線、第二線的治療都用過，可是沒有太大的改善。最後我跟她說：「你可以找第二位專科醫生，聽取多一個意見！」

「我覺得不需要。我以前在荷蘭和印度，已看過不少醫生！」婦人說。

得到她的信任，我加倍努力去找最新的治療方法，看了十多份醫學期刊。「我可以試試看，不過也不是太確定！」

幸運的是，婦人好了！「我這些日子來，從未試過這樣平靜！」婦人之後回到家鄉荷蘭，最後一次見面，還送了我一束百合花！

大部分單向抑鬱症於三十及五十歲為高峰期；鬱躁症因有遺傳因素，多數在青少年時期已經出現，因此醫生遇到年輕患者，加上家庭病歷吻合，都會特別注意是否屬躁鬱症。

躁鬱症只要對症下藥，就有機會好轉。不過，患者必須要有耐性，因為持續服藥最少一至兩年，方能穩定病情。要注意的是，病人自行停藥會有風險，容易復發，所以最好根據醫生指示服藥；一旦出現復發情況，必須盡快求醫。躁鬱症治療可說是雞尾酒治療，按每位患者的獨特症狀而單獨或組合用藥，當中包括情緒穩定劑如鋰鹽（lithium）、抗鬱藥、抗躁藥及抗焦慮藥物如鎮靜劑等。

藥物治療以外，家人的支持和諒解也相當重要，患者亦需要有恆心配合治療，因為這是慢性的病。筆者曾經見過鬱躁症令許多患者的家人深受其苦，甚至造成夫妻離異，子女受到很大的困擾。此外，患者應避免需要輪更的工作，因為睡眠作息混亂，都有可能影響病情。

姜濤，我說了這些，其實不是在暗示什麼，只是讓你知道，情緒病是很常見的。

〈孤獨病〉是你度身訂造的曲詞，讓你以過來人身份，唱出跌過痛過，帶著理解憐愛的陪伴：「當你感到孤獨和不開心，別忘記有人跟你有一樣的感受，這樣你便不感到孤獨！」

鏡中鏡　我忽然覺得有兩個我

姜濤在 2020 年叱咤樂壇頒獎禮，得到最受歡迎男歌手之後，覺得自己怪怪的。

「這個獎你頒給我，我也不敢攞！自己知道自己的底子、斤両！」姜濤在一個訪問説。

不敢攞是一回事，這麼多粉絲投票給你，要擋也擋不住。

「我以前見到粉絲很開心，現在感覺怪怪的！

「我只得21歲，我在想前面還有這樣長的路……」姜濤幽幽的説。

姜濤一定感到活在盛名下，背負粉絲那麼多期望，自己又年輕，怕自己後勁不繼。

「我忽然覺得好像有兩個我……」就因為這樣，有了〈鏡中鏡〉這首歌。

兩個我

我第一次接觸兩個我的體驗，是讀了 Eckhart Tolle 那本《當下的力量》（The Power of Now）。那時我接近40歲。

Eckhart Tolle（艾克哈特．托勒）出生在德國，後來移民到加拿大。Tolle 在30歲之前，都是活在持續性的抑鬱焦慮中。有一晚，到了半夜，他在恐懼中驚醒，之後他怎樣也睡不著，聽到附近火車隆隆的聲音，感到一切是那麼令人煩厭沮喪。Tolle 在瀕臨崩潰中，在內心痛苦煎熬中，心中忽然湧出一個念頭：「我再也受不了我自己！」

這一刻，Tolle 發呆了，他突然覺察腦子裡的念頭很特別，值得探究一下。Tolle 問自己：「如果我受不了自己，那麼必然存在著兩個我，『我』和我受不了的那個『我』。哪一個才是真的我？」

當這一番自己對質後，Tolle 的心忽然之間「掏空」了，他感到萬念俱寂，接著他被捲進一股渦漩式的洪流中：「不要怕、放下、放下！」Tolle 當場昏厥過去。

當他清醒過來，張開眼睛，看到窗外的光線，感到前所未有的平安喜悅。

Tolle 接著觸摸他平時的家具擺設，無論一個花瓶、一張椅子，都好像第一次認識它們一樣，平常熟悉的事物，都變得充滿愛和生命力。

接著下來的幾個月，Tolle 每天都坐在公園裏：他沒有工作、沒有財富、沒有名譽……他就是坐著，沉醉在愛和喜悅中。

2008 年，紐約時報稱 Tolle 是「美國最受歡迎的心靈作家」，他第一本書《當下的力量》（The Power of Now），長期居於暢銷書的榜首。

Tolle 之後成了其中一位最有影響力的心靈導師：「我投入了日常生活，面對每天的挑戰、高低起伏，但這份平安喜悅一直未離開過我。」

著名的靈性作家張德芬說：「這本書非常重要，它有可能令你覺醒，改變你的命運。」

Tolle 說，其中一個「我」是心智，心智是個「思考者」，但心智並不就是你。你不用被腦袋喋喋不休的噪音騎劫。你可以有能力觀察「他」，而當你成為「觀察者」時，你的意識就升到更高。你開始覺察到你無止境的焦慮、畏懼，其實都是心智編出來的故事。

Tolle 在《當下的力量》中說：

「其實我們一直都處在大腦或思維的控制之下，生活在對時間的永恆焦慮中。我們忘不掉過去，更擔心未來。但實際上，我們只能活在當下，活在此時此刻，所有的一切都是在當下發生的，而過去和未來只是一個無意義的時間概念。通過向當下的臣服，你才能找到真正的力量，找到獲得平和與寧靜的入口。在那裏，我們能找到真正的歡樂，擁抱真正的自我。」

我想起了多年前遇上洪朝豐的經歷，那時姜濤你還未出世，你問問你媽媽，她一定知道誰是洪朝豐。洪朝豐曾經是紅 DJ，跟城中的名媛寶詠琴（已過世）有過一段轟轟烈烈的愛情。後來洪朝豐因為有躁鬱症，對寶小姐作出一些語不驚人死不休的言論：「我用一個指頭可以搣死你！」洪朝豐差不多每天都上報紙的頭條，在城中掀起風風雨雨。

過了不久，有一天我上尖沙咀的洪葉書店，竟然遇上洪朝豐。只見他一臉恬靜的為讀者服務，平平實實，鉛華盡洗，令我留下深刻印象。

想不到幾年後，當我正在病房忙著，竟收到急症室電話，說要送洪朝豐到急性男病房。我順理成章成為他的主診醫生。當我見到洪朝豐的時候，不禁嚇呆了，他把頭剃光，骨瘦如柴，完全沒有他之前那英俊瀟灑的模樣。我不禁想：我眼前的人是誰？誰是真正的洪朝豐

他存在於「是」洪朝豐又「不是」洪朝豐的吊詭中，我不禁目眩了！

後來，洪朝豐和我合作寫了一本書《也無風雨——躁鬱症交換筆記》。

兩個「我」

姜濤，你、我、他都有兩個「我」，能有這種懷疑，是真誠地面對自己的開始，醒覺的契機。

你試過靜下來，觀察那個「偶像」的自己嗎？「偶像」是你又不是你，更多是觀眾眼中對偶像形象的投射。若我是你，心裏可能忐忑，若果有一天，自己再不符合觀眾對自己的期望和投射，如何是好？而你還那麼年輕，前面還有很漫長的路……

不過我很高興你似乎把自己豁了出去，不怕觀眾認識那個感到舒服自在的姜濤：那個在銅鑼灣長大，喜歡美食的小胖，那個整天在籃球場流連而碰上兩個知己的「遲到大王」，那個喜愛「小豬」和熱愛表演的「肥仔」。

「我希望在未來的日子，觀眾記得有一個叫姜濤的藝人，他的存在是件好事……」姜濤說。

觀察者

我一直都掌握不到如何作為一個「觀察者」，直至有一天，我返工之前走到希慎廣場去喝咖啡，之後我到了附近的洗手間。在鏡中我赫然發現，原來自己原來一直在喃喃自語：「這個自言自語的人是我嗎？」我對著鏡子說。「我看來根本就是一個瘋婦。」

這一刻開始，我留意到自己腦袋中會不由自主喋喋不休，不過當我停頓下來，我會以觀察者的角色去看那個多嘴的自己。

我們的腦袋真會編故事，令我們常常把這些故事當真。我們最會編各式各樣的煩惱、災難性的後果，甚至以為只要不停地擔心，不好的事情就不會降臨到我們身上。

焦慮是最壞形式的想像，褫奪我們活在當下的力量。

姜濤，很欣賞你的真實，這是你最吸引我的地方。真實（authenticity），是人生最重要的品質之一。真實的力量不是來自任何人的加持，而是內心的勇氣：能面對自己陰暗面的誠實和勇氣。

「雙鏡對疊 無限敵對 也是我自己！」〈鏡中鏡〉。

外面的世界，都是自己內心世界的投射。正如張德芬說：「親愛的，外面沒有別人，只有你自己。」

姜濤，我真想送給你 Tolle 那本《當下的力量》和張德芬那本《遇見未知的自己》，以你的悟性，這兩本書一定可以令你獲益不少！

角色　舞台上的姜濤

「你在幹什麼？你懂得尊重人嗎？」我大聲對一位記者說。

「我不希罕你訪問我，告訴你，現在我不想接受訪問。」說完拿起我的手袋衝門而出。

那是2019年一個新書發佈會後預約的記者訪問。記者邀請了洪朝豐先生和我，但採訪時，有超過半小時，記者只盯著洪先生發問，看也不看我，而她向洪發問的，是洪之前說了起碼十次的事。

「你可以不把我留下，我根本無所謂！」我不斷咆哮。

「豈有此理，不做功課，又不懂尊重人！」出了門口，我跟天地的編輯說。

「苗醫生原來好惡，真意想不到！」編輯看來很驚訝。

「是的，我罵起人時，可以好兇。」我回應。

苗醫生，你想說什麼？

我想說，作為治療師，我人格的原型除了有「醫治者」（healer），還有「女皇」（queen）。

四種內在人格

人格原型（archetype）一詞，是由心理學大師容格（Carl Jung）提出的。

根據容格，每個人都有「內在小孩」（inner child）、「破壞者」（saboteur），「受害者」（victim）和「妓女」（prositute）這些內在人格。

每個人內心都有個內在小孩，例如我敬愛的瑪麗醫院黎青龍教授，他的內在小孩就是「魔幻小孩」，他是典型的 Peter Pan，充滿想像和童心。

我們也有「受害者」這一面，有時候，因為要停留在這個角色，我們會「配合、容許」別人對我們的侵犯。

你或許會感到奇怪，好多時候，我們做事會拿石頭砸在自己腳上，這就是「破壞者」。例如當初我學做瑜伽頭倒立的式子，就算核心肌肉有力，自己會掉下來，心中好像覺得自己不可能做到。

至於「妓女」這角色是指社會上的各種妥協，例如上司很討人厭，我們也會委屈自己去奉迎，因為要保住飯碗。

以上四類，為基本人格原型。

受傷的小孩

每個人都有內在小孩，姜濤的那個可能是「受傷的小孩」（wounded child）和「魔幻小孩」（magical child）的混合。我為何覺得姜濤是「受傷小孩」？因為我觀察到他很愛挨近他信任的人，如好友、花姐、Ian、肥仔 等。姜濤也愛伏在別人身上笑。

至於魔幻小孩，是因為姜濤一定很喜歡在空閑時天馬行空地想像，想像自己在舞台上表演，施展渾身解數。

舞台上的姜濤，當然不是「內在小孩」，他變成一個「王者」（king），是眾人的焦點，充滿魅力，這是他顛倒眾生的一面。

「醫生，我不希望載著面具做人。」David 對我說。

David 做每一份工作不會超過兩個月，動不動就辭職。據他說，工作令他覺得做人做得太假。

「我現在就是載著『醫生面具』來看你。」我說。

「醫生，你說真的？」David 露出難以置信的表情。

「David，誰人不是載著面具做人？難道我對著家人也像對著 clients 一樣？難道我的孩子稱我做醫生，而不是媽媽？

「簡單來講，所謂「面具」（persona）不過是『角色扮演』！」我說。

「面具是適應社會必須的，最不幸的是有些人，把職業角色這面具當成自我身份的全部。」我補充。

「苗醫生，你可以舉一些例子嗎？」David 問。

「我有一個 client，本人是醫生，他很抗拒見我。

「我不去找苗醫生，我自己開藥，你們千萬不要迫我，我覺得見她我壓力很大！」那個「醫生」對他那憂心忡忡的家人說。

「說到底，他就是放不下醫生的身段！」我說。

所以，那位 client 絕對不會是好丈夫、教友……因為無論在哪一個場合，他都要抓緊醫生這個角色。

「David，面具也好，角色也好，最重要的是，這些都不是你的『真我』。」我說。

「你說的也是！」David 低下頭來。

「還有，不要忘記每個人都有『陰影』（shadow）！即是人的陰暗面。」我補充。

「知道了又如何？」David 問。

「知道了，意識到自己有『陰影』，這就夠了。你會反省、會變得謙遜。不然的話，你越抗拒、否認，『陰影』會反來吞噬你。」我說。

姜濤，你曾說，羅志祥的私生活你不理會，因你只欣賞舞台上的「小豬」。能說這話，就是很大的智慧！

能說這話，就是很大的智慧！

所以我也明白，姜濤有好多面，好多角色，還有陰影……

姜濤，世上所有的關係，包括你的內在小孩和舞台王者，都是我們的「面具」（persona），因為真正的「我」，只存在於孤獨中，只存在於面對自己和上帝時。

說到底，我們雖然不是完美的人，但我們可以做真誠完整的人。

褒貶榮辱

姜濤曾經說：「你們看到很風光的我，那只是表象。事實上，我正在經歷人生中的低谷。」

在這點上，我感到自己跟你有感應。我看得出。

自從你拿了 2020 年叱咤樂壇最受歡迎男歌手獎，你高處不勝寒：攻擊你的 haters 越來越多。

事實上，一切都不是你可以控制的。

「眾口悠悠，初不知其所自起，亦不知其所由止。」曾國藩。

畢竟每個人都有一張嘴，現在我們有眾多的社交平台可以隨意說話，發表自己的意見。人難免會有貪婪和嫉妒別人的心，只差別在當事人有沒有自覺和收斂。

其實我不太清楚你實際情況，有些人的動機，可能都是說話不著邊際、不負責任的……至於這些人究竟衝著什麼來？有沒有理據、胸襟誠信？你自己可以去判斷。

負評我也曾經歷過，有些有人格障礙的病人，會在醫德網上抨擊痛罵我，說出種種無事實根據、人身攻擊的話。我不像姜濤你那麼出名，但我對負評也會感到忿怒和委屈。

更糟糕的是，我曾有兩次收到律師信，病人要投訴我。那些病人都患上被害妄想症，無論我之前多麼用心醫治他們，當他們自行停藥後，病情變得反覆，最後我竟然成為被妄想迫害的對象。這些都令我覺得很荒謬，醫患關係最後的結果，就是一封律師信。

年輕時，我會很忿怒和傷心，現在我年紀大了，感到這些都是我在現實中修行的課題。

其實，他們有妄想症、思覺失調，都是一種不幸，這類病人最慘的是：無病識感既是病徵之一，也令到他們不能得到有效的治療。

我沒有遇過比這更為吊詭、荒謬的事。

Master Class 的誕生

姜濤，你越受歡迎，負評自然就會越多。

你採取的方法，就是以你的作品去回應，這就是〈Master Class〉的誕生。

處理負評，我盡可能採取以下這些策略：

首先，隱約覺得會有不滿投訴時，俗語說先聞到「燶味」，盡量把這種負面投訴處理好，不讓它小事化大，而是大事化小、小事時化無。

若果負評或負輿還是出來了，要保持冷靜，不要憤怒，盡量不要回應。唾面自乾：當別人吐口水在臉上時，不擦拭而讓它自己乾掉的故事。可以的話，逆來順受，寬容忍讓。

很多時候，會有其他人的負面消息掩蓋你的，慢慢別人對你的負輿就不再關心，不實的誣蔑自然會散去。若果負輿還是越炒越熱，那唯有正面面對回應。

面對負評負輿

面對負輿，剛巧自己的事又不順，負輿的內容又難聽，令人又氣憤又抑壓，如何是好？

其實世事往往好無奈。以前的我會很憤怒，很傷心。記得多年前在醫院時，有一件醫療事故，自己被管理層「擺上枱」。我整天找人哭訴、抱怨……事情根本與我無關，只是管理層想有個容易的下台階。

最後，開死因庭聆訊時，在傳召人的名單上，法官提也沒有提過我。

我白受了幾個月的煎熬。

「禍兮福之所倚，福兮禍之所伏。」老子。

這件事後，我學乖了：我只能信自己：就是內科醫生說病人沒有什麼問題，若我感到不對勁，都會對問題尋根究柢。就是因為把心思集中在做事上，有一次，竟然讓我診斷了一個罕有的病例：多發性硬化症（multiple sclerosis），這病在亞洲人是很少見的。

姜濤你出來做事越多，成事越大，你聽到的噪音就會越多。要學懂跟噪音不要講理，要講「不理」。我知道你也習佛學，貪嗔癡是三毒，嗔心即是憤怒的心，是要處理的。

人一生，如最近逝世的楚原導演所說：都是歡笑和眼淚交織。所有順境逆境、得失榮辱，都是如夢幻泡影，如露亦如電。

姜濤，做事免不了要面對各種壓力、各種負面輿論，如果自己的怒氣沒有妥善化解，是會傷身又傷心的。

憤怒處理

究竟我要把憤怒壓力發洩出來，還是抑遏下來？

有些人認為，憤怒是「不好的」，和「別人不能接受的」，所以應該隱藏憤怒。有些人認為，把怒氣發洩在他人身上或物件上（如打枕頭，破壞東西，罵人打人），對消氣是有幫助的。

不過，很多心理學研究卻清楚指出，除了運動，破壞性的發洩方法不但未能有效地舒緩憤怒情緒，反而會加強憤怒的強烈程度。

我建議可以這樣做：

要把怒火冷卻，最好是離開現場、離開人羣。

不要想太多，而是運用一些可以冷卻自己的方法

大叫幾聲，在球場跑步，淋浴，喝冰水，出街走走⋯⋯

冷靜之後，再想想你憤怒背後的原因。

二〇一七年，我去美國聖地牙哥出席一個學術會議。那個會議為期一個星期，我準備順道在當地遊覽一下。

想不到我的美國簽證過了期，我匆忙去申請簽證，致使訂酒店和機票的時間都很倉促。幾經折騰，我終於可以起行。

航班是半夜到達，我起行前才發現，同行藥廠的同事忘記了訂當天的房間，我不禁對著他們大發雷霆：「你打算讓我半夜在酒店大堂等到翌日午間 check in 嗎？還有，你有把我最後一天自由活動的行程安排好了嗎？」

同事被我聲大夾惡的連珠發砲罵得眼泛淚光。

我對自己當時情緒失控感到羞愧。

我事後平心靜氣反思自己的情緒反應。我發怒並不是力量的表現，其實我當時很害怕擔心。因為我方向感很差，不懂看地圖，也不熟用 Google Maps。一個人到外地，令我感到很憂心；我在人地生疏的外國有廣場恐懼症。

憤怒背後是我的恐懼。

憤怒是沒意義的

再說一個例子。

前一陣子，我被邀請到一個有關精神健康的座談會，我預先把講座的簡報和影片電郵給主辦單位，作為後備之用。

那天我提早了半小時到達現場，發現電腦不能播放我存在 USB 的影片，但主辦單位也沒有儲存我的影片。我既擔心又憤怒，於是努力把負面情緒遏抑住，走到洗手間去。誰知洗手間排了長龍，我無可奈何，唯有耐心等候。

就在等廁所這段期間，我終於有機會冷靜下來，盤算如何處理眼前的難題。

我明白憤怒是沒有意義的，只會影響之後演講時的情緒，我思索著如何在沒有影片的情況下做好講座。過了差不多10分鐘左右，我心平氣和的走到講台去。

這時候，主辦單位的工作人員對我説，他們發現我那USB的晶片掉了，我趕快打開手袋去找，果然找著了，最後順利播出影片。

事後想起，我感激那次我能懸崖勒馬。我知道自己脾氣不好，在盛怒下離開現場去洗手間冷靜一下，否則後果不堪設想。因為罵人的話就像潑出去的水，駟馬難追。

正如先前所講，處理憤怒，首先要即時降溫。降溫後令人有喘息空間。每當我們生氣時，都容易失去冷靜判斷的能力，作出一些衝動魯莽的言行，事後只會令自己羞愧後悔。

待整個人回復冷靜理智後，就嘗試去瞭解自己感到憤怒的背後原因，客觀地反省自己在當中應負上的責任，進而調整自己想法與期望。估算能做些什麼，也估算不能做什麼。能行能藏，是管理負輿所引發的怒火很重要的一環。

總之，找到了憤怒背後的原因，對憤怒有覺知，你心中的智慧就能給你方向與力量。

憤怒是一種正常而強烈的情緒，本身沒有好壞之分，問題只在於我們能否能利用自己的憤怒，使我們既充滿能量，又能提醒我們保護自己。這樣，憤怒也可成為生命成長的契機。

擁抱脆弱，就更能超越脆弱

「孤獨病那首歌，也是我自己的心聲！

「海啊，今晚和你聊了很多…

「我害怕跟身邊的人接觸…

「似乎我是一個被比較的人，漸漸我被這些影響了……

「我也開始對身邊的人懷疑……

「我不信任身邊的人，我沒有那麼愛笑，我害怕公開場合自己一個人！

「我用我的歌去治療你們，我也用你們治療我的傷痕！」

以上這些都錄在姜濤的 IG story。

很欣賞姜濤，他把他內心的脆弱和我們心享，而我，到了差不多60歲，才有這勇氣豁出去：「我患上焦慮症！」，承認我自己的脆弱。

我在每個階段都有形形式式的不安全感。

開業初期怕門口拍烏蠅，到了最近，診所算是上了軌道，又怕移民潮、新冠肺炎、經濟衰退等沖擊，影響診所業務……

最擔心的是，若果我染上新冠肺炎，我的病人誰來照顧？

就好像導師 Eric Kwok：「我現在擁有這些東西…那種不安感令你很不實在……」

每天上班前我都想：「今天我又會遇上什麼事情、悲喜交集……

「工作會有瓶頸位嗎？我只顧自己嗎？我可以冒險突破舒適圈嗎，看到急症室如戰地醫院，我要冷漠自保嗎？我有忘記作為醫生的初心嗎？」

我心中時常浮現 Dr Yalom 的話：「我來不是為了輕鬆的生活，而是為了充滿挑戰和有意義的生活。」（I come not for an easy life, but a life with challenges and meaning.）

因為有了這信念，這些年來，我專挑棘手的個案，我不輕易放棄任何向我求助的 clients。

Dr Yalom 還說：「絕望是自我醒覺的代價。深視生命，你便會看到絕望。」

（Despair is the price one pays for self-awareness. Look deeply into life, and you'll always find despair.）

不是嗎？社會瀰漫批判，傳媒專挖別人的瘡疤、人際充滿比較，明知全心投入可能沒有回報……前面充滿不安、脆弱、不確定性！

姜濤，你喜歡跟大海說話，而我，則從大樹得到最深的寧靜。

我記得一首關於大海的詩：

「大海啊！那一顆星沒有光，

那一朵花沒有香，

那一次我的思潮裏，

沒有你波浪的清響。」

可能人內心最隱密的東西，也是最普通共同的東西。

超越脆弱

Dr Brene Brown 在她那本《脆弱的力量》，強調「脆弱」是人的核心，也是情感和創造力的源頭。

當一個人展現脆弱的一面，也是真誠面對自己不安害怕的部分，這需要多大的勇氣！但只有這樣，我們才能與人建立真誠的關係，心靈得到真正的歸屬感。

最能徹底地展現這份「軟弱的力量」，可算是耶穌：祂降生馬槽、成長在木匠之家；祂受盡凌辱、最後把自己倒空，被釘死在十字架上。

耶穌為人類闡釋了苦難的意義，指出什麼是真正的力量：「一粒若不死去，就不能結出許多子粒來。」

Dr Brown 說：「有掙扎，才有希望；讓我們脆弱的，也讓我們偉大！」走過脆弱，才能獲得真正的勇敢。若能在生命每個當下直視脆弱，同時也發現自信、喜悅、創造力與可能。

「擁抱脆弱，就更能超越脆弱。」

脆弱三面體

Dr Brown 也歸納出面對脆弱的三方面：

1. 勇氣（Courage）

有勇氣去敘述自己的真實故事，承認自己的不完美。

正如姜濤你曾經在 IG 說你的迷惘、孤獨、抑鬱……缺乏自信，好像別人都在說你什麼。

我真心佩服坦率的勇氣。

2. 同情心（Empathy）

能夠接受自己是不完美的。正如你曾經說：「我有懶音、咬字不夠清晰等。」同樣，我們也知道世界上沒有完美的人，能推己及人，就能包容、體諒別人的不完美。

「Dr May 你選精神科，是否因為你有焦慮症？」人家問。

「是的，正是這樣。」我答。

反正我認為我跟 clients 的相同，遠於大家之間的不相同。

「只有負傷的治療者，才能真正的治療。」艾隆醫師。

（Only the wounded healer can truly heal.）

姜濤，正因你的迷惘、承認自己受到世界漩渦的影響，你的音樂才真正的療癒別人。

對，我們在世上是相生相依：粉絲需要你，如同你需要粉絲。

3.連結：（Connection）

「我想給你們知道，真實的我是什麼……可能你們會再不喜歡我……但這是我真正的自己。」姜濤在「答案」的視頻。

要跟他人有真正的連結，我們必須願意做一個真正、原本的自己，而不是以「別人認同的自己」，去跟別人相處。

「人與人之間的完全溝通是不可能的，因而不同程度的隔膜是必然存在的。既然如此，任何一種交往要繼續下去，就必須是能夠包容隔膜。首先，高質量的交往應該是心靈最深層次的相通，同時對那些不能溝通的方面互相予以尊重。」

周國平。

畢竟，我們也要承認這份限制。

坦然面對自己的脆弱，就是這些脆弱讓我們變得美麗。

這也是我成為「姜糖」的重要原因。

「我不想要有這些情緒！」於是我們酗酒、濫藥、縱慾、賭博。

姜濤選擇去面對自己，包括內心總總的難過、憤怒、不安。

姜濤你並不完美。沒有人是完美。我們在世上註定為生存掙扎，正正是這份脆弱，令你值得被愛、被珍惜。

我相信「夠好就是最好」（good enough is the best）；我們對自己慈悲，也對身邊的人慈悲，在敞開自己的同時，我們學會聆聽。

正如 Dr Brene Brown 說：

「我輸給了脆弱，卻贏回了人生！」

靜定　療癒

「靜定就像是純粹的空碗，智慧與理解則是滋潤心靈的豐盛美食。」阿姜查。

「知止而後有定，定而後能靜，靜而後能安，安而後能慮，慮而後能得。」——《大學》。

我很幸運，在2013年參加了一行禪師在香港的禪修營。這是一行禪師最後一次到香港，翌年他不幸腦中風。

那一年，我還在適應私人執業模式，激瘦了差不多十磅，人看上去又憔悴又焦慮。

入營的第一天，一位同修跟我們一起練習正念呼吸。正念的意思，簡單來說，就是「住」在當下，知道自己做什麼。

「吸氣，感受清新的空氣進入鼻腔，呼氣，感受溫暖潮濕的空氣釋放出來。」

當我嘗試靜下來的時候，內心湧出之前的種種傷痛傷痕：被前上司「有部署」地打壓、被「前度」工作伙伴語言暴力、剝削……被一位「上等人」client羞辱：「苗醫生，我今天就要炒你魷魚！」萬般滋味湧上心頭，我雙眼糊著淚水。

「感受你的一呼一吸，這是正念的禮物。」一位同修説。我一邊流著淚、一邊修習正念呼吸。我的思緒混亂。那就不帶批評的讓它來、也讓它走。我的身體漸漸放鬆，我成為「觀照者」，感受到一份靜定：輸家贏家、施虐被虐等對立都開始解體，情緒變成客觀的心態：不忿、痛苦、憤怒、悲傷，自我懷疑……我一直觀照這些情緒，然後一份平靜感恩從內心升起。

「臣服當下——所有都是上天最好的安排！」

「我的好處不在祢之外！」聖經。

在靜定中，我的傷痕得到療癒。

我每日上班前都有練習瑜伽、或是步行、或是靜坐的習慣。

靜心讓我找到生活的重心和力量。

「最近我專心拍電影，變得平靜了，可能因為可以專注做一件事，讓我可以跟自己相處。」姜濤説。

我相信那時姜濤在拍〈亞媽有了第二個〉。

「我因而得到傷痕的療癒，這樣我可以把修理好的自己，跟你們一起。」姜濤說。

姜濤展示專心做一件事，可以怎樣整合身心，感受專注帶來的靜定。

當我們讀書、煮飯、運動時，平常程度的靜定已經能夠穩住我們的心。每當我們全心致力于一個主題或行動時，靜定就出現了。我們越能投入心神，就越能靜定，穩定性和專注力就增加，整個存在得到更充分體現。直覺、視野更清晰開放，形成「心流」、「神馳」（flow），這是每一個出色的運動員或表演者都曾經經歷的。

「心流」是一種神經和諧的狀態，用來完成任務的神經迴路高度活躍、無關的神經迴路靜止不動。

心流出現的頻率其實很低，根據 Daniel Goldman 說：5個人中，只有1個人一天出現過一次，大部分人一次也欠奉。

若果想增加心流，就要「做你喜歡的工作」。

姜濤，我寫這本書時就經常經歷「心流」，之前的《圖解抑鬱症》我用了一年去寫，之後將會出版的《圖解焦慮症》我用了兩年。而這本書我邊工作邊寫，用了個多月，希望在你生日前能完成，過程雖然辛苦，但感到很愉悦！

相信你一定有排山倒海的工作，有四方八面的人需要你去應付，讓你經常處於疲憊不堪（frazzle）的狀態，持續對外高度的壓力，也使人的神經系統充滿皮質醇（cortisol）與腎上腺素，令人容易焦慮不安。

EQ 大師 Daniel Goleman 在他那本《專注的力量：不再分心的自我鍛鍊》寫道，善用有限又寶貴的專注力，就是能否成事、能否過得幸福的關鍵。

喜歡姜濤，因為他除了喜歡打機、愛動漫，也有「宅」的能力。

我一直很喜歡看 Yuvah Harai 的視頻。我認識 Yuvah 已經是多年前，那時看他的暢銷書《人類大歷史》，從他的著作得到很多啟發。

最近我發現，Yuvah 每天都有二至三個小時的靜觀。

「歷史不止是重溫過去了的事情，更是令人更好去前瞻未來！」Yuvah 說。

「我們需要空閒沉悶的時間！」

不少長銷書、經典作品，都是在苦悶甚至無聊潦倒的時候完成的，最有代表性的就是清朝的《紅樓夢》。那是曹雪芹在抄家後，居住在北京的窮鄉僻壤，於家徒四壁、孤苦淒涼的情況下寫的。《紅樓夢》是曹雪芹繁華風光的青少年時代的回憶。

「這個時代，我們最需要的是專注力！」Yuvah 說。

「不要以為你經常擁有自由意志，事實上，AI可能比自己更了解自己。大數據可以知道你的喜好、習慣、政治傾向，這樣就可以操控你接收的信息！

「靜觀可以令我追蹤自己的思想，像是佛家所說的觀照自己：保持能追蹤自己內心情緒和思想的能力，就不會那麼容易被AI和網絡操控。」Yuvah 說。

以前的世界，是掌握資訊決定成敗；現今的社會，資訊隨手可得，海量的資訊真假難辨。人要準確掌握現實世界，就要保持沉穩專注。

現今社會，不管大人小孩，都機不離手。一邊看視頻一邊吃飯、坐車、走路。在疫情嚴重時，有些孩子還一邊上zoom，一邊打機。我們都變得越來越怕悶，不容許自己閒下來。

「只要一有點閒，我們就會怕悶，忍不住拿出手機 check 訊息、覆電郵、看最新資訊，打機……由拿出手機那一刻，大腦的獎賞系統已經開始分泌多巴胺，令人渴求得到抒緩……這是大腦對事物上癮的現象。」

而姜濤是對著大海去說話。

Yuvah 最後說，現在我們最大的功課，是接受、習慣生活中的沉悶無聊，有這個空檔，我們就有機會去追蹤自己：我的感受是什麼？有什麼念頭走了出來？這樣你就更能好好了解自己，知道自己的需要，跟外在紛擾的世界保持一個距離。

姜濤跟 Yuvah 一樣，他在台上有時心不在焉，可是，他非常能夠覺察自己的內心。

話又說回來，專注力其實部分天生，它牽涉大腦的運作機制，跟遺傳基因有關，不過仍然可以訓練。能每天練習正念冥想，訓練把心思放在當下，學習自我覺察，發現並停止自己的負面思考，避免被情緒騎劫。

對胡思亂想的 clients、有強迫症的 clients，我要他們記住 3 個 S：Spot（留意）、Stop（停止）、Swap（轉移），有了3個S，我們就不會就著負面的念頭編織故事。

在 Daniel Goldman 的書中，他把注意力歸納成三類：

對內（inner）、對外（outer）、對他人（other），這些注意力都可以訓練而得。

1. 對內的專注力：包括自我覺察，自我控制，對內專注可以協調我們的直覺，增進判斷力。

2. 對他人的專注力：這樣能增進同理心，改善人際關係。

3. 對外的專注力：對工作和周圍環境的注意力。遇到強烈情緒時，可以的話，回到我們的呼吸中，放鬆並恢復我們的專注力。它能引領我們走向正確的人生路。

能夠在三種注意力上取得平衡，在忙碌的生活中，就不會失去自己。

EQ = 自我覺察 + 同理心

聖經說：「你要保守你的心，勝過保守一切，因為一生的果效，是由心發出！」

Yuvah 每日用最少用兩個小時去保守他的心，我也每天做瑜伽，默想十多分鐘，去開始每一天。我也希望姜濤也能修習到正念冥想。

一步步來，讓我們在默想中，讓心更加澄淨安穩，讓我們可以「修理」一下自己，成為每日都有進步的人。

創奇者

姜媽媽是「創奇者」「姜濤的教育程度如何？」這些是兒子唸中學時的媽咪群組，對我寫了一本有關姜濤的書的反應。

「他應該唸完中三之後，轉到邱子文青年書院……」我回應。結果，她們全都對我的新書興趣索然。「哎呀，這是什麼時代啊！還要把學歷高舉作為衡量一個人的標準！」我心中嘀咕。在那個媽咪群組，我絕對是個「異類」。那些媽咪全部都來自中產階層，當然，能夠成為多年的朋友，她們全都心地善良，平易近人。我還記得她們對於我對兒子們的「放任管教」感到咋舌。結果她們很同情我好像「孤兒」的兒子，每次孩子考完試之後，她們都會輪流駕車帶把我的兒子也一起帶去吃喝玩樂。在此，我再次衷心感謝他們。

不過比起姜濤的媽媽，我是「望塵莫及」。姜濤說，媽媽很大年紀才把他生下，之後她的身體狀況就變得虛弱。姜濤是家中的獨子，姜媽媽當然很愛他：「姜濤那時為了減肥，堅持不吃東西。當我和爸爸一起吃飯的時候，也無動於衷，他是我們的獨子，我們當然心疼！」

姜媽媽心痛地說。就是因為「老」來得子，還要是獨子！若果是換著別的媽媽，一定會對姜濤更加珍惜和保護。幸好，姜媽媽沒有選擇做怪獸家長，或直升機媽媽，她是特立獨行地選擇放手，讓姜濤幹他想幹的事。

姜媽媽心底裡，對姜濤很信任。當記者問她鼓不鼓勵姜濤拍拖，她只說：「這不是拍拖的年紀，姜濤應該知道自己要做什麼！」我想，她對姜濤最直接的建議就是：「你整天想做歌手，不過你實在太肥了！」

記得在 2017 年「快樂男聲」的比賽時，姜媽媽一派優雅從容，陪伴姜濤參加比賽。「他比較緊張一點！」姜媽媽對司儀說。而在 2018 年「全民造星」時，姜媽媽很大方感恩地說：「不論姜濤是輸是贏，姜濤在這 ViuTV 這個大家庭中，成長了很多！」在這一點上，姜媽媽面對傳媒很得體，她的「不干預」教養政策，既有智慧，也有膽識！

姜媽媽容許姜濤追夢，但今天的狀元差不多清一色選擇醫科。我想他們大多都是為了現實，但是為何他們沒有了夢想和理想？難怪作家林沛理曾說：「現在的年輕人都自我局限了，所以教育制度下的成功者，也是一個失敗者（both a winner and loser）」。

難過心理關

Flora 是出色的醫療集團行政人員，日理萬機，最近卻感到很心煩，為的就是女兒的升學問題。「我也知道女兒唸什麼小學也無所謂，孩子不在乎贏在起跑線。但看到現在就是連選港姐也挑名校出身的（按：那年的港姐冠軍是麥明詩，會考10優狀元），我又怎能不擔心她進什麼學校？加上她是「細女」（即是年尾出生的孩子），面試時一定較為執輸！」Flora 說。

「那麼，試試多考幾間小學，大不了重讀一年幼稚園！」我說。

「事實上，女兒唸的學校也不錯，但並不保證直升心儀小學。煩惱的是我並不看重她寫字、認字的能力，但老師就經常提醒我要多替女兒溫習。」Flora。

「你是唸過兒童發展的，你的女兒很聰明，你應該對自己有信心啊！」我說。

記得當年小兒面試培正和民生小學，都被拒諸門外。當時我心想：「我自己的孩子我最清楚，你們拒絕了他，是你們的損失。」

「但現在大勢所趨，人人都拼命讓孩子多學習。曾經有一個家長對我說，每日除了學校功課外，都額外給孩子五份抄寫的功課。」Flora 說。

「為什麼？孩子只是念幼稚園！」我吃驚地問。

「我也不理解那位媽媽為什麼這樣做，她的解釋，也是令我摸不著頭腦。」Flora 說。

「她是為了什麼？」

「她說就是過不到自己心理的關口。」Flora 說。

啊，叫孩子做事，為的是自己心理上覺得安樂。人做每一件事，正面的出發點是因為好奇心、興趣、愛和熱情；負面的出發點，是因為貪慾、憤怒、恐懼，並由此而來的強迫性。這個母親，看來應該是因為活在強迫感的鞭策下，要求孩子做個不停，來減低自己的不安和焦慮。一個人「強迫」地不停去重覆做一些指定的行為，為的不是追求快感，而是減低焦慮，逃避心理上的痛苦。這好像是一個無止境的輪迴，令人不能活在當下，享受生命！

媽媽被強迫感騎劫，失去理智判斷，無辜的孩子受累，成為強迫感的奴隸。母子倆忙得人仰馬翻，試問這樣子的管教，豈不就是心理虐待？

過度認同父母這個「角色」

今天行過一個商場，見到一個父親對他手抱的孩子說：「這是紅色、這是紫色……」父親一邊行一邊教導孩子。我們作為父母，很多時候都以「高姿態」跟孩子說話：因為我們知道的比孩子多！我有一個青少年的病人，他患上焦慮症。他的媽媽以前是中學老師，但是孩子出世後媽媽就放棄了原來的職業。「我太愛孩子了，只想全天侯照顧他。」媽媽說。

孩子上了中學，越來越感到迷惘：「以前我的作文老師會稱讚我，現在卻批評我缺乏足夠的詞彙、內容不夠具體深入。」青少年說。漸漸地他不喜歡上學，他的自我形象很低落，最後患上焦慮症抑鬱症。

不少人一生中，總有一段時間身為父母，這是非常普遍的角色。不過最重要的是，這角色只須發揮必要的職能，在善盡父母的職能的同時，又不與這個職能過分認同。父母當然需要照顧孩子，防止孩子受到危害，有時還要告訴孩子何者該為，何者不該為。然而，當「父母」變成一種身份認同，個人的自我全部或大部份都從這個身份認同而來的話，父母的職能就很容易會被過度強調誇大，而且掌控了當事人。他們對孩子的付出，可能超過孩子所需要而變成溺愛；想防止他們受到危害，也可能會變成過度保護，並且妨礙孩子自己去探索這個世界，感受嘗試不同事物，讓他們發展出對自己和身邊事物的認識和自主性。

「我知道什麼對你最好！」這口頭禪最後可能會演變成操控、遏抑。姜媽媽的勇於放手，成就了一個很懂得自己想要什麼，和堅持自己想法的姜濤。

「不知道為何，媽媽在中學時期在學習上也沒有幫我什麼！」姜濤說。

歌手的路，從來都不容易，況且你是「素人」出身，既不是星二代，也不是來自音樂世家。雖然如此，姜媽媽積極陪伴還未成年的兒子出席選秀比賽，這絕對是難能可貴的支持和鼓勵。姜媽的選擇，絕對是與眾不同！有時候，過於認同於父母角色的爸媽，有時也會嘗試藉由孩子來填滿他們內心恆常的空虛匱乏之感，甚至婚姻關係的問題。話說那個由中學教師變成全職家庭主婦的媽媽，她的潛意識是：我為你付出那麼多，我當然知道什麼對你是最好的。我愛你，而且也會一直愛你，但你要做我認為對你有益的事情啊！這不就是「化了妝的」操控、遏抑嗎？

高效能家長

有一天，和黃天祥工程師夫婦吃飯。黃工程師現時是都會大學（前身公開大學）校董會主席，黃太是始動輔導中心（Gears Counseling Centre）的董事和輔導員，她是我的好朋友，兩夫婦對青少年工作都很有承擔。閒聊間黃先生感嘆道：「現在很多青少年的問題，是因為他們的家長實在太叻了！」我細味這句話，感到很有意思。

他們有三個女兒：大女兒又漂亮又優秀，她 DSE 的成績可以入讀醫科，但她選擇了心儀的心理學，之後她發現自己對人類學很感興趣，所以轉到人類學系，後來還獲得了倫敦大學人類學的一級榮譽碩士。

「我會鼓勵兒女去追尋自己的理想！」夫婦同聲說。

中間的兒子，就選擇了工程系，跟黃先生走相似的路。

「我看到小女兒穿上護士裝備，細心地照顧患病的老人時，真是感到難以想像！心中實在不捨得她吃這些苦頭，因為她在家中都是別人照顧她的。」黃生眼泛淚光說。

「爸爸，精神科護士這條路是我選擇的，我穿上了護士制服，就要做一個稱職的護士！」小女兒斬釘截鐵的回應父親。

小女兒現在在英國的醫院工作。

難得少年窮

我在六十年代出生，成長在草根家庭，因為爸爸賺錢不多，自幼媽媽也要外出工作補貼家用。記得年少時，媽媽整天埋怨爸爸的種種不是，還時不時威脅要拋棄家庭。年紀小小的我，為了令媽媽好過一點（怕她真的會離家出走），會主動幫手照顧弟弟，做完功課就穿膠花做家務。原來真是難得少年窮，有憂患意識的我，自小就比較生性。他們看來是「功能不足」的父母，但卻因此造就了我的自主和獨立。

唸醫學系是我的選擇，辛苦也是自己的事。人的志氣和韌力就是這樣練成的。其實不管唸書或是工作，我都不時碰到釘子，但我知道找父母傾訴也沒有用，就嘗試找一些年紀比我大的朋友談，也嘗試找適合的書來看，就是這樣，跌跌撞撞，人就長大了。

今時今日的父母，往往都很「高效能」，孩子很小就為他們安排各種的學習興趣班，要求孩子琴棋書畫樣樣皆能。就是出來社會做事父母也要精心安排，甚至插手干預。記得有位同事在醫院做兒科顧問醫生，有一位母親要求見同事，他們的兒子是實習生。母親乞求同事安排少一點夜更給她兒子，因為他一熬夜就會生病。

我有一個好友，是內科部門主管醫生，他要紀律處分一位下屬。怎知下屬的父母要求主管「見家長」。我朋友笑說，可能他也要自己的父母一起列席，以示公允。怪不得高效能的父母，造就了那麼多低效能的孩子。

「一生中，起跌曾有幾千趟，要化作力量在心中激盪……」這是盧冠廷的〈人之初〉，很有意思。

成長從來都不容易，從來都需要蛻變的痛苦和代價。曾國藩有一句名言：「少年經不得順境，中年經不得閑境，晚年經不得逆境。」股王巴菲特說：「出生時含在嘴裏的金湯匙，若沒有自己謀生的本事，會變成插在背上的金匕首。」所以父母一定要狠心一點，寧可讓孩子少年時吃一些苦頭，也不要讓孩子長大以後，失落空虛！

在此，我對姜媽媽致以最衷心的敬佩。因為你的智慧大度，放手讓兒子成為自己，我們才有今天的「姜王子」。

姜濤和「姜小弟」

我一直都對心理治療很感興趣。我認為一個精神科醫生，除了幫助 clients 診斷和開藥外，還需要懂得心理治療。

所以這些年間，我嘗試接觸不同類型的心理治療。

令我印象深刻的是完形治療（Gestalt Therapy）。

記得有一次，我參加了完形治療的工作坊，當中有一個環節，是角色扮演。

我把自己代入 client（May）的角色，跟自己的小時候（小 May）對話。

「媽媽，你太不了解我！」小 May 說。「其實我一直對你又愛又恨。」

「你為什麼恨媽媽？」May 問。

「小時候，媽媽整天罵我，說我脾氣不好，曾經說即使我日後工作，她『一個仙』也不會用我的。」

「她的說話傷透我的心，但我好希望可以好好照顧她的晚年。她為什麼會這樣罵我？」小 May 委屈的說。

「明白的，媽媽那時也面對四方八面的壓力。她曾經找她的教會朋友，請她們幫忙寫下她的遺書。」May 說。

「是的，我記得，那個姓黃的阿姨，住在荃灣川龍街的劏房。」小 May 說。

「媽媽那段時間，有隨時會死去的念頭。」

「媽媽未唸過書，她由上海逃難來香港，既是孤兒、又是文盲。不過媽媽很聰明能幹，持家有道。爸爸做事不夠用心，工作上經常闖禍，樣樣事情都要她操心。」May 說。

「但為什麼媽媽在我離開香港到英國考專科試時，一口氣要我給她兩個月的家用？她不是說過不用我的錢？」小 May 嘀咕著。

「明白你有委屈，或許那時媽媽衝口而出說錯話。她自小受到別人的欺壓，沒有安全感。她一直活在拮据中，自尊心低，感到抬不起頭來。媽媽未必懂得說話技巧。」May 說。

「這也是。若果不是媽媽，我也不可能長大成人。」小 May 低下頭來。

「媽媽不是完美，但她已經盡了她最大的努力愛你！」May 說。

「媽媽，多謝你！我愛你！」小 May 哭著說。

成長了的 May，跟心有不甘、委屈的小 May，終於和解了！

May 的媽媽在 2020 年尾，主懷安息。

完形治療

「小弟第，為什麼哭起來！」姜濤問。

「我整天給同學恥笑！我做什麼都成為被嘲諷的對象！」姜小弟說。

「小弟弟，不要放棄心中的夢想，努力朝著自己的理想生活！只要不放棄，你一定可以有你自己的一片天。」姜濤說。

以上是一個牙膏廣告的對話。當中，就是用了完形治療（Gestalt Therapy）的技巧。

完形（Gestalt）是德文，原意為形狀、圖形。「完」的意思，是指人類對事物的感知並非各個片面的總和，而是建立在一個有意義的整體。

把注意力集中在目標物上，並辨別出它與背景環境的界限，就是「形」。

完形治療的鼻祖 Perls 進一步把「完形」理解為身體與心理的整合。Perls 特別重視「身體感覺」或「身體語言」，他認為語言容易受到意識的遏抑和扭曲，但身體卻是屬於潛意識的，所以比言語更為誠實，察覺「身體的感受或非語言的表現」，更能代表「真正的自己」。

故此 Perls 常問 client：「現在你想做什麼？」

「我想罵那傢伙一頓！」client 說。

「你現在就去罵！」Perls 回應。

完形治療強調個人憑感知的當下經驗，「力量存在於現在」：接納真實原有的自己，由「覺察」而得到「自由」去「選擇」，並為所做的決定負上「責任」。

姜濤跟姜小弟對話，也代表在每個人心內，存有勝利者（topdog）和失敗者（underdog）兩面：topdog 既具權威也要求完美，不停以「應該」「必須」等想法來批判和操控人；至於 underdog，就以「我想」「我希望」等表達內在願望。每個人心內的 topdog 和 underdog 交戰，形成持續不斷的掙扎。

完形治療就是要協助 client 覺察到這兩個不協調、矛盾部份的存在，尋求對話而達至整合和解。

「姜濤」跟「姜小弟」對話，就是覺察他心中的 underdog ，告訴他可以不活在「應該」和「必須」當中，他可以不是 underdog：他可以擁有夢想，勇敢地接納和活出真我，不被 topdog 的負評騎劫，努力向目標邁進。

我一直很愛我的媽媽，但心中有一部份對媽媽懷恨在心。在「May」跟「小May」的對話中，她覺察到：媽媽儘管不是完美的人，卻用了她最大的努力去愛護她的孩子，當小 May 體會到這點，她就知道媽媽是「夠好就是最好」（good enough is the best）！

創傷　成長

「聽到沒有　慶幸當天你在球場邂逅
雨後哀愁　擔當我後援到最後
從不講報酬……
單打獨鬥　世上只得你未懷疑我荒謬……
你遠走後　現實中激鬥
我沒有你的援手
最難過總想起我們笑口……」Dear My Friend,

2021 年 4 月 3 日 ，姜濤的摯友阿 Kin（花名中鋒）猝死。當時他們一起在打籃球，姜濤目睹整個過程，他親自送中鋒入院，親眼看見他的離世。

「我還常常想起他逝世時的樣子！我會為你寫一首歌，希望你在天上可以聽到！」姜濤說。

我相信大家都知道，這就是 Dear My Friend, 那首歌。

在 2021 叱咤樂壇頒獎典禮，Dear My Friend, 是年度最受歡迎歌曲，姜濤演唱到中段時，泣不成聲！

「在頒獎典禮前一晚，我在夢中見到中鋒，他對我說現在過得幾好！」姜濤在 Do Do 姐的訪問中說。

中鋒與姜濤的邂逅，就是在籃球場。那時中鋒剛剛下班，碰見一個肥仔在籃球場打波。中鋒覺得他很害羞靦腆，球技也是一般般，於是主動對姜濤伸出友誼之手。

之後他們漸漸熟絡了，大家成為推心置腹的摯友。

在全民造星時，姜濤曾經說：「當外面很多謠言，我都可以不理會。只要我身邊的好朋友相信我，就可以了！」

中鋒可說是姜濤的天使，是他在肥仔沒自信時，雪中送炭的好朋友。

目睹摯友中鋒的猝死，姜濤內心受到的創傷，是不能磨滅的錐心之痛。

中鋒和 Henry ，是姜濤心靈的安全基地：「我現在不介意外在的各種聲音，我只要好朋友相信我，這就足夠了！我就以這個作為我的拋錨點。」姜濤說。

目睹一個人猝死，絕對可以誘發創傷後壓力後遺症（PTSD）。

PTSD 是指那些超過一般人可以承受的壓力範圍，其嚴重性和災難性，令到差不多每個人都會受到影響和困擾。當事人可以親身經驗，也可以是現場目擊。壓力源包括威脅性或災難性的事件，例如天災、嚴重的意外、目睹別人慘死，或親歷強姦、俘虜、極端暴力等事件。

不過，不是每個人經歷了創傷性壓力，都會患上 PTSD。因為，除了當事人的個人特質外，更要視乎個人的主觀體驗：如當事人感到震驚、戰慄、恐怖、厭惡、無助等強烈情緒，就較容易患上 PTSD。

我不知道姜濤有沒有 PTSD，但我卻十分肯定他有創傷後成長（Post Traumatic Growth PTG）。

姜濤時不時會為社會弱小的社群發聲，例如早前有網民在某屋苑的居民聯絡組的 FB 專頁中，發現到一名速遞員坐於行人通道旁，以手推車當作飯檯，除下口罩吃飯盒。該網民斥責該速遞員影響衛生，並對此作出投訴。

翌日，姜濤就在IG為這速遞員發聲：#「多包容」「多尊重」「多理解」等。

姜濤運用他身為偶像的影響力，喚醒人們身在疫情的時候，不要自私冷漠，而是要守望相助。

經歷過危機創傷事件的人，不一定只有患病，更有可能因此而得到生命的成長。當你了解到生命無常，就會更加珍惜生命，更懂得自己人生中最重要的是什麼，也能更專心地把時間投放在重要的事情上。我相信姜濤在目睹生命的無常和脆弱之後，更珍惜愛護自己的親友，願意用更寬容和慈悲的心來善待身邊的人，尤其是被社會忽略了的低下階層、弱勢社群。

上天給人一份困難考驗時，同時也給人一份智慧。

姜濤，願香港這個地方，也和你一樣，經歷創傷後成長！

再談脆弱、反脆弱

脆弱・反脆弱

在姜濤身上，我看到了「脆弱」，我更看見了他「反脆弱」的特質！

「我不想重複做著同一件事，那真是沒有什麼意思！」在2018全民造星時，姜濤在表演完結後找花姐，委屈哭訴之前被花姐罵他賣萌做傻仔戲！姜濤在創作歌曲上，一直在突破他的框框。他唱一些輕鬆商業味濃的情歌，是十分容易的事，一定會得到好多粉絲支持！但他選擇一條充滿挑戰的路。在孕育第十胎，姜濤經歷很大的「產前陣痛」：「是我有史以來最難最大的製作」。

四月八號凌晨一點，姜Man在IG貼了張黑白相，背景疑似是錄音室。只見他戴住耳機，把頭伏在膝頭上。姜濤留言：「巒多的感想，想和大家分享，因為這次真的不是那麼簡單。十胎，如無意外可算是我有史以來最難最大的製作，原以為〈鏡中鏡〉製作難度最高，可這一次，甚至要比前者更加龐大。壓力大，其中包含的責任也更加大，但相信我們一定會完成好的。」

最後，他的〈作品的說話〉，終於「出世」了，在充滿暴力和敵意的現世，姜濤提醒我們愛與和平。

At the end，It's love that matters and last！

「神就是愛；那住在愛裡面的，就住在神裡面，神也住在他裡面。」約翰一書四章16節。

Nassim Nicholas Taleb 的書《反脆弱》就指出什麼是反脆弱能力：當人經歷考驗混亂時，反而創造了更大的機遇和可能性。反脆弱不只是韌力（resilient）、堅固（sturdiness），也是令事情能從衝擊中受益的特質。當事情暴露在波動性、隨機性、混亂、壓力、風險和不確定下，它們反而能茁壯成長。這就是反脆弱性。所以脆弱的相反不是強韌堅固，而是「反脆弱」，這是一個很重要的性質，我在姜濤的身上看見了。

堅強、堅固和堅韌只能讓事物在受到衝擊下保持原狀，反脆弱則讓事物變得更好。舉例：高樓大廈是堅固的，當遇到暴風驟雨時，它們紋風不動，不受損也不受益。而一片森林在經歷極端天氣的考驗後，將會將生長得更加旺盛，從這個意義上講，森林具有「反脆弱性」。凡是「脆弱」的人，都怕變動、挑戰：「Fragile，handle with care」，最好每天都無風無浪，穩穩當當。而姜濤屬於「反脆弱」的人，他喜歡變異、挑戰，他由比賽開始就不喜歡重複自己：在 2017 參加快樂男聲時，他改寫了一首歌詞：「我道出這次參賽的心聲。」

有反脆弱特質的人，面對刺激變動愈多，他們會愈進步。在今天風雨欲搖的社會環境下，人們普遍追求取安逸與穩定的生活，所以投考公務員變成趨勢。不過，若明白「反脆弱」的真實意思，大家就會知道，在追求安穩舒服的生活時，其實是追求「脆弱的人生」。

姜濤，你的努力，你對音樂的熱誠，我們全部都看到。我們很感恩，香港人有姜濤！我們為你感到驕傲！也因為你，把我們一班「姜糖」連結在一起！

「姜糖們大部份都質素很高，很有愛心！」在又一城的超市內的牙膏攤位，推銷嬸嬸對我說。

因為姜濤，令我想起我們年青的一代，和過去我們那一代人相比，現在的孩子受到的照顧確實愈來愈多。有些當然是必要的，有些卻是屬於過份保護。最近看到新聞報道：一個年幼的孩子因感染新冠肺炎，發燒抽筋被送醫院。因應醫院的防疫措施，不能像平時一樣，容許照顧者在病房陪伴，幼兒需要獨自留院。「我很心痛，孩子出院後狂吃湯粉，好像餓狼一樣！可想而知，他在醫院受到什麼對待！」「孩子晚上發噩夢，要求跟爸媽一起睡覺！」「我很傷心，好像他的心有一個不可填補的洞。」媽媽既氣忿又感嘆地說。

接著，精神科醫生補充：「孩子的發展程度還未成熟到可以獨自留院，出院後可能出現情緒行為問題。有些孩子的情況，比上述狂吃湯粉的孩子還要嚴重。」「這種分離，甚至可能導致孩子長遠不可彌補的心理發展！」心理學家強調。幸好，受訪的孩子只住了兩天院，三個星期後，他的身心已經復原。

有一個3歲大的女孩，因患上新冠肺炎，醫院在「倒瀉籮蟹」的情況下，家人沒法陪同入院。結果，女童獨自在醫院大喊：「我好掛住媽咪！」。幸好，經過熱心網民的安排，女童可以透過視頻去接觸父母。三歲女孩獨自留院，是迫不得已的安排。

最近有一份研究，是關於新冠感染後的創傷情緒反應，發現正向的調適策略（positive coping strategies）有助減低情緒出現問題，其中最關鍵的因素包括：

1. 對事情有正面的態度：例如孩子要單獨留院，父母可以先預備好：幫助孩子說出他的感受，例如感到焦慮害怕等，然後正面地告訴孩子住院的需要，目的是為了治病，正如上學為的是學習一樣。等他們病好了，便可以很快可以回家和父母一起。

除此之外，孩子可以把他們心愛的玩具留在身邊（好像花生漫畫 Linus 那張安樂毯一樣）。回家後，孩子經歷了分隔焦慮，會有情緒不安的現象，父母可讓孩子撒撒嬌，「扭扭計」。對於這一點，我認為父母不要太過擔心，畢竟孩子只是待在醫院不太長的時間。

以前有研究指出，孩子長時間（以年、月來算）留院，確實會造成孩子心理創傷和情緒問題。孩子在回家後黐身和扭計，恰恰正是孩子對父母有「安全依附」的特徵。缺乏安全依附的孩子，他們會表現出兩個極端情緒：一是看似「冷靜」，或經過長時間，也不能安撫他們的不安情緒、整天的哭鬧。

2. 社交朋輩的支援：有時候，在疫情間就算不能見面，彼此通個電話也會減低孤獨無助感。

3. 好好照顧自己：保持生活常規、有運動和均衡飲食的紀律知習慣。

4. 實事求是地面對和解決問題：研究指出，過份負面、情緒導向去面對問題，或者極力迴避風險等，都會損害精神健康。

要避免心智上常見的陷阱：怨天尤人！「醫院的安排實在太離譜！」「我真是太不幸了！」說這些話，對解決困難無補於事；憤怒和不開心的情緒，傷心又傷身，只會令人免疫系統失調，更容易生病。

姜濤只有23歲，他的心理質素，遠比同的年輕人成熟。姜濤一直以來，都很虛心接受別人的批評。在 Jonathan Haid 和 Thomas Cooley 教授合著的《為什麼我們製造出玻璃心世代？》，說到本世紀最大規模心理危機：美國高等教育的「安全文化」，如何讓下一代變得脆弱。

這本書的背景，是討論美國大學校園的情況。

過去數十年來，美國的整體社會氣氛鼓勵年青人以「三大謬誤」來思考，當中之一，是有關於「脆弱」的謬誤：「殺不死你的，讓你更脆弱！」對於「脆弱」的謬誤，讓人們誤以為應該要避開受挫的風險，一切「安全至上」，包括情緒上的安全感。

這些年核心家庭的「少子政策」，加上最近的移民潮、新冠疫情，不少幼稚園和小學，為了收生達標，對學童都盡量呵護備至。我手中有關學童的校內報導，個個孩子都是資優生。據我所知，現今高等教育，越來越傾向把學生當作「顧客」。換言之，教授要令學生「喜歡」上他們的課程。越受歡迎和得到學生的正面評估，教授才可以被續約；至於終身教授，學生的評核會影響他們的薪金能否向上調整。結果過度的迎合、「顧客至上」的教育，教授輕易不會對學生直斥其非。

大學教育的真諦，就是要培育出能夠獨立思考、對社會有貢獻的人才。學生在大學的首要負責，就是要不懼艱辛努力學習。若果教授全都怕了學生，一味以「派grade」、「派膠」來討好學生，如何能培養高質素的學生？更違論有強韌的心理質素！我相信，把學生「當成顧客」的做法，才是真正造成學習和應世技巧落差的根源！

近年來，罹患焦慮症和憂鬱症的青少年越來越多，學童的自殺率不斷上升。師長們更加認為學生需要獲得保護，奉「安全至上」為金科玉律。基於以上原因，美國中產階級家庭的兒童，和香港差不多，缺乏自由遊戲和不受監管地冒險的機會。可是，兒童若要懂得自我管理，必須具備這兩種經驗。

須知道，rough and tumble play 在兒童成長的身體、認知、情緒和社交發展等方面，起着舉足輕重的作用。當我看見姜濤在球場上打籃球，甚至跟別人起爭執打架，我都感到超棒！

Jonathan Haid 指出，「脆弱」的謬誤是現在的社會風氣讓人們誤以為「應該」要避開受挫的風險，一切「安全至上」，包括情緒上每時每刻的安全感。若要讓下一代的青少年有強韌的心理質素，減少心理障礙，我應為「無常」的生活已經是一個好「教室」，關鍵在於成人能否正面地運用。尼采有句名言：「殺不死我的，只會讓我更堅強。」

「不會死 才是勝利超出那角落裡 毒舌 的預期其實我很好奇 真好奇何事要炫耀這種心地我只知道 今次 我比你 了不起！」〈孤獨病〉豈不是「反脆弱」最佳的演繹！

姜濤要30歲退休！

有一位師姐，是聲譽很好的婦產科醫生，最近決定退休。她應該只有60多歲。「我在養病的時候，起床後發現晨光很美麗，我可以施施然的沖咖啡、弄早餐！原來沒有工作的生活很寫意，既然如此，我決定退休了！」師姐說。

「與抑鬱共舞」的前主席陳韻彤醫生，在接近70歲時退休。她問自己喜歡做什麼：「我喜歡游泳、我希望能做義工幫助抑鬱症的病人！」於是她成立了「與抑鬱共舞」的非牟利組織，以互助形式關心支援有情緒病的人。

我有一個舊同事，也是精神科醫生，他在60多歲決定退休：「我問自己一生最喜歡什麼？我發現就是學習。」就這樣，他當上了城市大學心理學的兼職教授，跟學生互動，教學雙長。

至於我什麼時候退休呢？要撫心自問，自己的終極理想是什麼？可以的話，我希望可以繼續我治療師的工作，正如艾隆醫師（Dr Yalom）所言，治療是一份禮物（The gift of therapy），他寫的書，我每隔一段時間就會再看一遍！

時日一晃而過，我的人生已經走在下半場，我知道自己的「天命」：可以做什麼，不可以做什麼；擅長什麼，不擅長什麼：有所必為、有所不為！餘下來的人生，是時候要好好數算自己的日子。我的終極理想，就是傳承：立言、立德。聽來好像很吹牛，不過能有這樣的「痴心妄想」，堅持走10年、20年，這樣我覺得也不錯。這就是我為什麼在行醫30年時，寫下《圖解抑鬱症》這本書作為紀念。寫這本書很辛苦，有很多資料要蒐集，有很多設計形式要構思。書寫完後，我足足病了一個月。每天過得好，過得舒服，我不認為就是活得很好。

2022年三月份，在加拿大的電台訪問中，姜濤說他應該在30歲會退休。「我越來越覺得自己不適合這個圈子！有些人會說：你在這圈子越久，就會對這圈子越難捨割！「我不覺得是這樣，相反我知道自己的想法！「我喜愛舞台表演，但我不喜歡這圈子其他附帶的情況：如寒喧應酬……太不安靜了！不過也許這就是現實吧！「我希望把自己一生最好的光陰獻給舞台！「希望人們以後會說：有姜濤這個藝人是件好事！」

之後，姜濤說很欣賞李小龍，把他人生的巔峰，永遠留在大眾心中。

「不過我希望像他以猝死這形式！」姜濤補充說。

我想起八十年代的山口百惠，在她最當紅的時候，完成她最後的演唱後，毅然把咪高峰放下，眼泛淚光，頭也不回轉身離開舞台。

姜濤三月份的訪問一出，我正值膝蓋手術後的復原期間，心中百感交集。我知道不少人感到好難過、好不捨，甚至掉下眼淚！

姜濤對自己內心世界很清楚的人，以上的一番言論，正正看出他的為人：他不被名利沖昏頭腦。他義無反顧地熱愛表演，但更義無反顧地堅持要活出自己！姜濤已經嚐過當偶像的滋味，他還年輕，絕對有條件華麗轉身，追求另一種適合自己的生活。姜濤的偶像由「小豬」換成周潤發前輩。周潤發先生也是我的偶像，他一直都能保持風流倜儻、平易近人的風度。周潤發先生輕鬆優雅地生活，時不時出來拍片，更多時候是「貼地」地安靜生活。

姜濤的終極理想是什麼？我相信是不朽！什麼可以不朽？上海大亨杜月笙是民國時期的上海灘三大大亨之首，那時候他在家鄉上海市浦東新區修建了杜家祠堂，為的是要光宗耀祖、恩澤鄉里。經歷 1949 年中國解放，杜家祠堂一早已經不在。吊詭的是，杜月笙親自請國學大師章太炎為祠堂寫了《高橋杜氏祠堂記》，被收在文集《章氏叢書三編・太炎文錄續編，卷六下》，至今仍然流傳。

所謂不朽，就是立德、立言、立功。能夠留下經得起時間考驗的作品，就是立言。例如曹雪芹的《紅樓夢》，例如馮唐老師的《不二》，例如劉天賜前輩的《小寶神功》、《三國啟示錄》！至於立功，例如蘇東坡在杭州修了蘇堤來治水、前港督麥理浩成立了廉政公署……。

至於立德，如據馮唐老師所説，就是智慧、慈悲、美感。智慧不是知識，而是對事物的洞察、洞見！慈悲是善良、惻隱之心、同情心、己所不欲，勿施於人、有所為有所不為……。

至於美感，就是令人感到愉悦、感動，總之它就在那裏，言語表達不到，但就是「知道」！姜濤的歌，我越聽，越被他的溫柔聲線吸引，內心深處得到療癒，產生愉悦共鳴，我相信這就是美感！

個人認為，姜濤説要退休，是他不眷戀海市蜃樓的偶像生涯。姜濤明知此生有限，他心中了解到什麼對自己是最重要！一直以來，姜濤努力活出真我，他有勇氣去認清個人及社會現實面貌，並超越這些問題的糾纏。所以無論他的選擇是什麼，姜糖都會支持他、信任他。我相信姜濤一定會達到更高境界！

劉天賜（賜官）說，他面試藝人時，不是看他如何上台，而是看他怎樣下台！有些來面試的人，一到下台時，就露出馬腳，舉止粗魯無禮。賜官說，這些人無論在台上表演得怎樣好，他一概不會錄用。他會選擇那些優雅下台的人！因為人到下台時，才能真正表現出氣質和修養！易經中的艮卦，說的就是「止」的智慧：艮者，止也。時止則止，時行則行，動靜不失其時，其道光明。能行能止，就是智慧。有智慧，就能立德，有了德的基礎，就更容易立言、立功！

願與姜濤共勉之！

後記

有一天我對我的老師趙美儀小姐說：「我想見到姜濤！」

「你為什麼要見他？追星嗎？」美儀笑問。

「我想跟他談話！或許，我可以多些了解他、支持他。」我說。

「我的兒子有什麼麻煩的事，都會找我商量；他會說：『我很開心，媽媽你有心有力。』」

我相信姜媽媽一定也很偉大，可能的分別是我有精神醫學的知識。跟偶像做朋友，從來都是天方夜譚，對於這點，我很清楚。因為跟偶像做朋友，就是要把他從神檯移到凡間。

「那麼你向宇宙下訂單吧！」美儀說。

因為這樣，我決定寫這部書。美儀也幫我找到出版社。

「苗醫生，你不寫專業知識，我們很難給你出書！」我一向合作的出版社告訴我。儘管我之前寫的那本書《圖解抑鬱症》，幸運地出了簡體字版，進入了內地市場。

我想，跟姜濤溝通不一定要面對面，我可以把我的思念、想法告訴他，跟他分享。當然，如果他有任何回應，我會十分高興。

其實，真的見到他又如何？我眼前的任何景象，也只是無常。（人的細胞七年換一次，我們每一刻都在蛻變。姜濤也沒有例外。）

對姜濤的感覺，有點像早期的姜濤對羅志祥的精神投射和寄託。

不過，這次是一個上了年紀的大媽跟姜濤一廂情願的「神交」。

我是在香港 Covid 第 5 波肆虐期間，在照顧病人疲於奔命時，一有空就拼了老命，日以繼夜夜以繼日不停寫。這樣做，反而令我憤怒悲傷難過的心境，有了心靈的寄託。

「生活在劫難裡 心靈從未給沾污！」〈蒙着嘴説愛你〉

「我們活在世上，人人都有對愛和善意的需要。今天你出門，不必有奇遇，只要一路遇到的是友好的微笑，你就會覺得這一天十分美好。如果你知道世上有許多人喜歡你，肯定你，就將十分美好。」周國平說。

姜濤，這就是醫生大媽給你的一份愛、一份善意，一份關懷。

心疼你！

一個姜糖心理醫生的告白 增訂版

作　者：Dr May Miao 苗延琼醫生

出　　版：真源有限公司

地　　址：香港柴灣豐業街12號啟力工業中心A座19樓9室

電　　話：（八五二）三六二零 三一一六

發　　行：一代匯集

地　　址：香港九龍大角咀塘尾道64號龍駒企業大廈10字樓B及D室

電　　話：（八五二）二七八三 八一零二

印　　刷：美雅印刷製本有限公司

初　　版：二零二二年四月

初版一刷：二零二二年四月

二版一刷：二零二二年六月

如有破損或裝訂錯誤，請寄回本社更換。

PRINTED IN HONG KONG

ISBN：978-988-75527-7-2